Armin A. Alexander

Die Doktorandin

AF187018

Armin A. Alexander

Die Doktorandin

Erzählungen

Bibliografische Information der Deutschen Nationalbibliothek
Die Deutsche Nationalbibliothek verzeichnet diese Publikation in der
Deutschen Nationalbibliografie;
detaillierte bibliografische Daten sind im Internet über
http://dnb.d-nb.de abrufbar

1. Auflage November 2019
Umschlag, Umschlagfoto und Satz:
Armin A. Alexander
Gesetzt aus der Libertinus Serif 11,5/14 pt und der CMU Serif (Scribus SVN,
Linux)
Herstellung und Verlag:
BoD – Books on Demand GmbH, Norderstedt
ISBN: 978-3-7504-1096-1

http://blog.arminaugustalexander.de

Lediglich aus Liebe?

»Ich bin auch davon überzeugt, daß die meisten Frauen das vorrangig ihrem Partner zuliebe als wirklich aus eigener Neigung heraus machen«, sagte Britta in einem Tonfall, der keinen Raum für Zweifel ließ. Wie um das zu unterstreichen, schob sie sich ein dickes Stück Schwarzwälderkirsch in den Mund und zeigte dabei demonstrativ die gepflegten Zähne, als wollte sie zusätzlich zum Stück Kuchen auch noch jedem Gegenargument den Garaus machen.

Lisa fragte sich, über was sie sich mehr wundern sollte, über Brittas unumstößliche Überzeugungen oder darüber, daß sie trotz ihres reichhaltigen Konsums von Süßem kein Gramm zunahm. Im Büro knabberte sie stets an irgendeinem Schokoriegel oder vergleichbarem. Sie war zwar keine zarte Elfe, sondern recht üppig, doch waren bei ihr alle Rundungen an den richtigen Stellen, was sie mit exhibitionistischem Vergnügen durch körperbetont geschnittene Kleidung hervorhob. Während manch schlankere in einem engen Kleid leicht wie die Wurst in der Pelle wirkte, war Brittas Erscheinung weit davon entfernt. Ihre Dekolletés überließen nur sehr wenig der Fantasie. Lisa hatte in den mittlerweile fünf Jahren, in denen sie sich ein Büro teilten, nicht herausfinden können, ob das Blond ihrer seidigen Haare echt war. Sie wußte nicht, warum sie verärgert war, als Hartmut euphorisch meinte, daß Britta verdammt tolle Beine habe. Sie fand ihre schließlich auch sehenswert und er ließ keine Gelegenheit aus, ihr derentwegen Komplimente zu machen.

Sie fragte sich oft, weshalb sie in Britta eine Rivalin sah, wofür es keinen Grund gab: hübsch, groß, schlank, mit leichten Rundungen und langem dichten Haar, dessen Schwarz echt war. Außerdem traute sie ihr nicht genug Hinterhältigkeit zu, um einer anderen den Mann abspenstig zu machen, und – was sie allein schon beruhigen sollte – gehörte er zu jenen Männern, über die sie gerade ihre ›Weisheiten‹ verbreitete, die sie in irgendeiner obskuren Kolumne irgendeiner der zahlreichen Frauenzeitschriften beim Friseur oder auf dem Weg zur Arbeit in der Bahn gelesen hatte. Sie verschlang genüßlich diese Presseerzeugnisse. Besonders jene, in denen über Männer auf eine Art und Weise hergezogen wurde, daß einem Mann, käme er auch nur im Ansatz auf den Gedanken, sich vergleichbar über Frauen zu äußeren, Frauenfeindlichkeit vorgeworfen würde – und das zu Recht. Ob die Autorinnen diese Artikel aus persönlicher Abrechnung oder weil sich mit dergleichen vorzüglich Kasse machen ließ, verfaßten, war nur selten eindeutig nachzuvollziehen. Weiter brachte es die Gesellschaft auf keinen Fall. Niemand leugnete, daß es unzählige Arschlöcher unter den Männern gab, sie war selbst oft genug einem von diesen Exemplaren begegnet. Am besten ignorierte *frau* die, dann starben die mit der Zeit von allein aus – hoffte sie jedenfalls.

Sie stocherte abwesend und lustlos in ihrem gedeckten Apfelkuchen, während Britta mit ihren Gemeinplätzen fortfuhr. Sie fragte sich, warum sie mit ihr ins Café gegangen war. Allerdings konnte sie ja nicht ahnen, daß sie sich ausgerechnet über *dieses* Thema auslassen würde. Gewöhnlich redete sie über alles mögliche, vor allem über belangloses.

»Daß Topmanager und erfolgreiche Anwälte und Ärzte sich von Dominas verhauen lassen, ist ja nichts Neues. Die brauchen das halt als Ausgleich, weil sie ohne dem nicht so recht mit der Verantwortung ihres Jobs fertig werden. Aber daß auch ganz normale Männer es mögen und es sollen ja nicht wenige sein, fällt mir ja schon schwer zu glauben. Ich meine, die meisten, die auf der Arbeit wenig zu sagen haben, müßten doch mehr dazu neigen, zu Hause den starken Mann herauszukehren. Aber vor ihren Frauen noch das Hündchen zu machen, sich von ihnen schikanieren zu lassen ... nein ...«, Britta schüttelte verständnislos die seidigen blonden Locken und schob sich ein weiteres Stück Schwarzwälder in den Mund.

Lisa nahm einen Schluck Kaffee und dachte daran, daß Hartmut einer dieser ›normalen‹ Männer war, die vor ihren Frauen das ›Hündchen machten‹.

Nun bekleidete er in seiner Firma zwar nicht gerade eine untergeordnete Position, aber von einem Topmanager mit vermeintlich weitreichender Verantwortung war er noch um einiges entfernt. Und doch genoß er es, zu ihren schönen Füßen zu liegen und sich von ihr ›schikanieren‹ zu lassen.

»Ich habe ja nichts dagegen, wenn sie das total anmacht«, senkte Britta bei diesem Satz die Stimme und nicht nur, damit niemand außer Lisa etwas verstand, und zwinkerte ihr vertraulich zu, »aber ich bezweifle, daß eine *normale* Frau von sich aus darauf steht.«

Lisa muß wohl reichlich skeptisch geblickt haben, denn sie schien genötigt, hinzufügen: »Natürlich gibt es Frauen, die auf die Rolle der Domina stehen auch ohne damit Geld zu verdienen. Wobei die Professionellen in der Regel noch nicht mal selbst diese Neigung besitzen. Die machen's vorrangig, weil es mehr Geld bringt und weil sie selbst keinen Geschlechtsverkehr mit ihren Kunden haben müssen, was in diesem Kontext ja wohl auch verpönt scheint. Wie gesagt, es gibt natürlich auch ganz normale Frauen, die nur scharf werden, wenn ein Mann vor ihnen kriecht. Oder die sich eben auch selbst genüßlich vertrimmen und schikanieren lassen. Aber davon dürfte es weitaus weniger als ihre männlichen Gegenstücke geben. Darin sind sich schließlich alle Fachleute einig«, fügte sie nach einer Kunstpause hinzu, als sei dieses Argument die letzte Weisheit.

Aber sicher, in diesen Publikationen schreiben ja nur renommierte Fachleute, die immer auf dem aktuellen Wissensstand sind. Lisa nahm einen langen Schluck von ihrem mittlerweile lauwarmen Milchkaffee, damit sie nicht wider Willen enerviert aufseufzte und die Augen verdrehte.

»Damit ich nicht falsch verstanden werde, ich habe nichts dagegen, wenn jemand zu seinen Neigungen steht, Männer und Frauen gleichermaßen. So was zu verstecken, ist schädlich. Aber die Betroffenen müssen sich darüber klar sein, daß es nicht leicht für sie ist, das passende Gegenstück zu finden. Frauen dürften es da sicherlich leichter haben. Wie schon gesagt, sind sie in der Minderzahl und können daher wählen. Und die anderen – ich meine die anderen Männer – müssen hoffen, daß sie, wenn sie schon nicht das Glück haben, eine Frau mit gleichen Neigungen zu finden, eine Partnerin bekommen, die sich aus Liebe zu ihnen bereit findet, ihre Spiele mitzuspielen. Aber ob das wirklich leichter ist, als eine mit denselben Neigungen zu finden, kann ich mir nicht wirklich vorstellen.«

Britta gab an diesem Nachmittag noch reichlich von diesen ›Erkenntnissen‹ und ›Lebensweisheiten‹ aus dritter und vierter Hand von sich. Lisa hatte geduldig zugehört, einerseits weil sie wußte, daß jedes Argumentieren dagegen zwecklos war, sie weder Lust noch das Bedürfnis verspürte, sich Britta gegenüber zu outen und das Gespräch somit nur unnötig in die Länge gezogen worden wäre, andererseits konnte sie einen Restzweifel über die Motivation für ihr eigenes Verhalten nicht beseitigen.

Bevor sie Hartmut begegnet war, hatte sie sich über BDSM und dergleichen keinerlei Gedanken gemacht. Sie wußte, daß es das gab, es nicht einmal so selten, auch nichts ›Krankhaftes‹ und an sich weitgehend harmlos war, aber sie hatte bei sich bisher keinerlei Bedürfnisse dahingehend feststellen können. Er hatte mit seinen Neigungen von Anfang nicht hinter dem Berg gehalten, war allerdings auch nicht mit der Tür ins Haus gefallen. Er hatte es geschafft, sie vom ersten Moment an neugierig zu machen und zu begeistern, was natürlich dadurch begünstigt worden war, daß sie bis über beide Ohren in ihn verknallt war. Er sah gut aus, hatte einen athletischen Körper, breite Schultern, schmale Hüften und einen richtigen Knackarsch, von dem bald jede Frau bei einem Mann träumt. Sein Charme war jungenhaft, liebenswürdig, nicht aufdringlich und sie hatte bei ihm stets das Gefühl, ernst genommen zu werden. Zuerst hatte sie es für eine aus seiner Euphorie geborene Metapher gehalten, als er ihr erklärte, daß er es genieße, der Sklave einer schönen langbeinigen Frau zu sein, doch schnell hatte er jeden Zweifel diesbezüglich beseitigt. Jede seiner Äußerung über BDSM hatte er mit Komplimenten an sie verbunden.

Er war ein brillanter Marketingmensch und das nicht nur im Beruf. Er hatte es so vollendet verstanden, sich als ihren persönlichen Sklaven zu verkaufen, daß sie am Ende überzeugt war, daß sie schon immer einen gewollt hatte, obwohl sie bis dahin nicht nur nie einen vermißt, sondern sich gar nicht hatte vorstellen können, daß ihr das jemals gefallen würde. Mittlerweile waren sie fast ein Jahr zusammen und er ließ nichts an Aufmerksamkeit ihr gegenüber vermissen. Sie schien längst überzeugt, daß sie schon immer die geborene Herrin war. So viel Spaß am Sex wie mit ihm hatte sie zuvor nie gehabt, was etwas heißen wollte, denn Sex hatte ihr schon immer Spaß gemacht, wofür sie sich bisweilen sogar leicht schämte, besonders wenn sie ausgiebig erotischen Tagträumen nachhing und das Gefühl hatte, vermeintlich wichtigeres darüber zu vernachlässigen.

In ihrer Beziehung mit ihm schien alles in bester Ordnung zu sein, bis zu jenem Nachtmittag als sie sich von Britta hatte überreden lassen, noch mit ins Café zu gehen. Was auch etwas seine Schuld war. Wäre er an diesem Tag nicht auf Dienstreise gewesen, wäre sie vom Büro sogleich nach Hause gefahren.

Zuerst war sie nur genervt und vergaß ziemlich schnell Brittas Ergüsse. Doch hat der Zweifel erstmal das geringste Fleckchen Nährboden gefunden, sproß und gedieh er, daß es eine Freude ist.

Sie saß mit übereinandergeschlagenen Beinen auf einem Stuhl in der Küche. Sie trug, worin er sie am liebsten sah; schritthohe enganliegende schwarze Stiefel aus weichem Leder, deren Absatzhöhe ein gelungener Kompromiß aus Höhe und der Möglichkeit zum sicheren Gehen war. Seiner Auffassung nach konnten Absätze nicht hoch genug sein, doch blieb sie in diesem Punkt standhaft. Sie trug zwar selbst gerne hohe Absätze, aber sie wollte noch einigermaßen sicher darauf gehen können. Das sah er relativ schnell ein, denn eine Domse, die nur mühsam die Balance hält, wirkt nicht wirklich überzeugend. Der beige Ledermini bedeckte kaum ihren hübschen Po. Sie hätte einen längeren Rock vorgezogen, wadenlang mit einem seitlichen Schlitz fast bis zur Hüfte. Das war in ihren Augen viel erotischer, verruchter vor allem. Eine Domse sollte ihre Reize verstecken und zugleich zeigen, wenn es ihr wichtig war oder durch scheinbaren Zufall. Aber sie hatte ihm letztlich nachgegeben, gewissermaßen als Ausgleich, weil er ihr bei der Absatzhöhe die Entscheidung überlassen hatte. Worüber es nie eine Diskussion gegeben hatte, waren Korsetts. Die hatten sie schon als Kind fasziniert, wenn sie diese auf alten Abbildungen und in historischen Filmen gesehen hatte. Mit Anfang zwanzig hatte sie ihr erstes gekauft, wenn auch nicht aus schwarzem Leder wie das, das sie im Moment trug, sondern aus dunkelblauem Satin. Sie liebte den gleichmäßigen Druck auf den Körper, daß man gar nicht anders konnte, als aufrecht zu sitzen und zu gehen, und sie, vorausgesetzt sie paßten, sich angenehm trugen und den Rücken entspannten. Daß oberarmlange Lederhandschuhe die Würde einer Domse unterstrichen, verstand sich für sie fast von selbst. Wenngleich sie sich mindestens einmal in der Woche fragte, ob diese Kostümierung sein mußte, so war ihr doch bewußt, daß eine Domse in Jeans, Sweatshirt und Turnschuhen zwar machbar ist und Autorität – zum Glück! – nicht von Kleidung abhängt, so ißt das Auge doch stets mit. Andererseits hätte sie ihn oft genug lieber in einem eleganten Kostüm mit engem Rock, das durchaus aus Leder sein durfte – sie mochte Leder sehr – Nahtnylons, hochhackigen Schuhen und strenger Frisur und sie somit mehr wie eine Dame denn eine Domse wirkte, dominiert. Aber er lief in ihren Augen lieber diesem Klischee nach. Normalerweise störte sie letztlich nur der sehr kurze Rock. Jetzt jedoch störte sie bis auf das Korsett so gut wie alles. Ihr wollten Brittas Worte nicht aus dem Kopf, daß er nicht nur stets bestimmte, was sie bei ihren Sessions trug, sondern auch weitgehend deren Ablauf. Vielleicht weil sie stets mehr als nur auf ihre Kosten kam, war ihre Motivation, mehr von ihren persönlichen Vorstellungen einzubringen, bisher nicht sonderlich groß gewesen.

Er schlabberte ziemlich laut. Rindfleischsuppe mit Nudeln und dicken Fleischstücken aus einem auf dem Boden stehenden Hundenapf zu essen, ist alles andere als leicht. Sie hatte das Rezept von ihrer Großmutter. Dafür stand sie zwar lange in der Küche, aber das Ergebnis war des Bemühens wert. Hartmut, der Suppen vorher nicht viel hatte abgewinnen können, war nach dieser förmlich süchtig geworden. Früher hatte er das Spiel mit

Nudeln gemacht. Wie ein Hund schnappte er ein dickes Stück Suppenfleisch und kaute es von einem genüßlichen Grunzen begleitet. Bisher hatte sie bei dieser Geste angerührt schmunzeln müssen. Heute jedoch erschien es ihr beinahe überflüssig, ja ärgerlich und vor allem aufgesetzt.

»Schmatz nicht so laut«, fuhr sie ihn verärgert an. Sie hatte es nicht wie üblich halb im Ernst und halb gespielt gesagt. Kaum hatte sie es ausgesprochen, wurde ihr bewußt, daß sein Schlabbern, sein Schlürfen und sein Schmatzen sie wirklich nervte. Wenn er partout die köstliche Suppe aus diesem zugegebenermaßen edlen Hundenapf essen wollte, konnte er sich wenigstens bemühen, sich so gesittet wie möglich zu verhalten und nicht wie ein verlauster halbverhungerter Straßenköter, der ein erstes richtiges Fressen seit langem bekam.

Sie blickte auf seine breiten Schultern, das dichte braune Haar, die Muskeln, die er angespannt hatte. Sie konnte nicht umhin, sich an seinem schönen Körper zu weiden, der ungehindert ihren Blicken ausgeliefert war, denn außer engen schwarzen Shorts aus stoffweichem Leder und einem breiten Lederhalsband trug er nichts. Sie sah ihn gerne in den Shorts, die seinen Knackarsch so betonten und – sie scheute sich nicht zuzugeben, daß sie bei seinem bloßen Anblick sofort naß wurde.

Er bemühte sich sogleich schuldbewußt, weniger geräuschvoll zu essen, aber wie dem meist so ist, versucht man etwas so unauffällig wie möglich zu machen, geht es erst recht schief.

Auf dem Boden neben dem Napf hatte sich eine ansehnliche Lache gebildet, in der Nudeln und Gemüsestücke schwammen.

Wie gut, daß der Küchenboden gefliest war. Sie dachte in diesem Moment wie eine gestreßte Hausfrau. Dabei hatte sie einen ›Sklaven‹ der den Boden mit Begeisterung reinigen würde – und das bisher auch bereitwillig gemacht hatte.

Unwirsch begann sie mit dem freien Fuß zu wippen und die Peitsche in den Händen sichtlich ungehalten zu drehen.

»Ich hab' doch gesagt, du sollst nicht so schmatzen.« Es klang jetzt richtig aggressiv.

Er hätte sich fast verschluckt. Nicht daß ihm ihre Heftigkeit mißfiel, aber er wußte sie nicht einzuordnen, bisher war sie zwar auch streng gewesen aber mit Güte. Sollte sie jetzt langsam in Fahrt kommen?

Ob seine für einen Menschen doch höchst ungewöhnliche Haltung bei der Nahrungsaufnahme daran Schuld war oder etwas anderes, jedenfalls mußte er rülpsen, zurückhalten war unmöglich. Es hatte sich zuviel Luft in ihm gesammelt. Und dieser Rülpser war natürlich alles andere als leise.

»Verdammt Scheiße! Mußt du dich wie eine alte Sau benehmen«, entfuhr es ihr wütend und im selben Moment sauste ihre Peitsche mit einer Wucht auf seinem Hintern nieder, die sie vielleicht noch mehr überraschte als ihn.

Er stöhnte vor Schmerz auf, denn es tat verdammt weh, das weiche Leder schützte kaum. Er unterdrückte unwillkürlich den Reflex zu protestieren, obwohl er ein »Sag’ mal, spinnst du oder was? So fest zuzuschlagen« schon auf der Zunge hatte. Zwar hatte die Tatsache, daß sie saß und daher in einem eher ungünstigen Winkel getroffen hatte, dem Schlag etwas von seiner Heftigkeit genommen. Hätte sie dagegen hinter ihm gestanden und mit dieser Wucht zugeschlagen ... er wagte nicht daran zu denken, wenngleich ihn dabei ein elektrisierendes Kribbeln durch den Körper fuhr.

Sie, der schnell bewußt wurde, daß ihr Schlag aus reiner Wut und Ärger geführt worden und somit durch nichts zu entschuldigen war, machte, was die meisten tun, die einen Fehler begangen haben, ihn aber weder eingestehen wollen noch können; sie gab einzig dem Ziel ihrer Wut die Schuld und hackte jetzt erst recht auf ihm herum. Erst jetzt schien sie das ganze Ausmaß der Lache auf den Fliesen zu sehen, daß ihr auf dem Boden stehender Stiefel mit Nudeln und Suppenspritzern mehr als reichlich verziert war.

»Siehst du nicht, was du altes Schwein gemacht hast? Der ganze Boden schwimmt von deiner Scheißsuppe! Meine Stiefel hast du auch versaut! Nicht mal vernünftig fressen kannst du! Du kannst eigentlich gar nichts, du Schlappschwanz!«

Sie redete sich in Rage und nichts war mehr gespielt. Sie machte ihrem angestauten Ärger Luft, konnte aber nicht sagen, worüber sie sich wirklich ärgerte, ob über ihn, daß sie sich zu einer solch heftigen Reaktion hatte hinreißen lassen oder über das dumme Gerede von dieser blöden fetten Kuh Britta, die noch nie was verstanden hatte. Die sollte sich von 'nem echten Kerl mindestens einmal pro Woche so richtig durchficken lassen, dann würde sie nicht mehr so einen Blödsinn lesen und vor allem reden! Für was anderes war die doch sowieso nicht zu gebrauchen! Sie verdrängte dabei erfolgreich, daß Britta kein Kind von Traurigkeit war, vermutlich öfter als sie vögelte, deren Vorurteile sich ausschließlich auf BDSM bezogen, ansonsten gab es nichts, zu dem sie nicht bereit wäre und davon häufig und gerne und recht deftig redete, weshalb Lisa die Bekanntschaft zu ihr auch außerhalb der Arbeitszeit aufrechterhielt. Es gab ohnehin viel zu wenig Frauen, mit denen sich ungeniert über Sex und Männer reden ließ.

Hartmut schaute sie von untenher wie ein geprügelter Hund an. Was er in gewisser Weise auch war. Er wußte nicht mehr, was los war. Die Worte prasselten wie Peitschenhiebe auf ihn nieder und manche empfand er auch so. Trotz aller Härte und obwohl sie immer wieder nahe dran war, sprach sie wirklich demütigende Worte, die ihre Spuren erst mit Verspätung hinterlassen, dafür aber nur schwer auszulöschen waren, nicht aus. Er hatte sich immer gewünscht, daß sie einmal von selbst derart aus sich herausgehen würde. Er genoß es und erschreckte ihn zu gleich, weil er den Grund dafür nicht erkennen konnte. Außerdem brannte die Stelle an seinem Hintern, wo ihr Schlag ihn getroffen hatte, höllisch.

Auch sie bemerkte in sich eine Veränderung, mehr unbewußt noch, aber es ließ sich nicht leugnen; ihn derart schlecht zu behandeln, gefiel ihr, erregte sie – ja verdammt, es machte sie richtig geil! Sie spürte ihre Macht über ihn und wie sie jetzt ziemlich viel von ihm verlangen konnte. Die anfängliche Wut war schon weitgehend verraucht und sie genoß bereits ihre Macht über ihn. Sie fühlte sich wie in einem Rausch.

Sie stand auf, beugte sich hinunter und nahm ihm den fast leeren Napf weg.

»Du leckst jetzt alles vom Boden auf und mir dann die Stiefel sauber, so daß sie glänzen. Hörst du?«

Sie drohte mit der Peitsche, da er zögerte. Sie hatte von ihm noch nie verlangt, vom Boden aufzulecken, sondern diesen nur aufzuwischen. *Das* hatte noch keine Frau von ihm verlangt. Obwohl die Fliesen sauber waren, war es doch alles andere als hygienisch. Von ihren Stiefeln war das etwas anderes, das tat er fraglos mit großem Genuß.

Andererseits – sie holte zu einem Schlag aus, dessen Wucht den vorangegangenen noch um einiges übertreffen würde, außerdem stand sie jetzt. Sie führte den Schlag. Die Gerte zischte mit einem ekelhaften Geräusch durch die Luft. Er schloß die Augen, bereit auch diesen Schlag mannhaft zu ertragen und zugleich hoffend, daß sie im letzten Moment abmilderte. Er spürte schon den Luftzug, er spannte alle Muskeln an, hielt den Atem an, verspürte Angst und Lust zugleich und bald würde er den Schlag spüren – es war nur der Luftzug, den er spürte. Sie hatte keinen Augenblick daran gedacht, ihn wirklich zu treffen. Sie war sich bewußt, daß ein Schlag mit dieser Wucht mehr als nur unverantwortlich war und nicht nur, weil sie neben seine linke Niere gezielt hatte.

Er öffnete erleichtert die Augen, sah sie von untenher an. Ihre Augen blitzten auf eine Weise, die er an ihr noch nicht kannte, aber die ihm außerordentlich gut gefiel. Er wußte immer noch nicht, was diesen Wandel bei ihr verursacht hatte. Im Augenblick hielt er es für angebrachter, ihr Folge zu leisten. Seine Haltung war zur Gegenwehr auch vergleichsweise ungünstig. Sie gehörte zu den Frauen, die trotz ihres schlanken Körperbaus über eine erstaunliche Kraft verfügten.

»Leckst du jetzt endlich deine Scheiße auf, die du gemacht hast!« Sie fuchtelte mit der Gerte, schien zu weiteren Schlägen entschlossen. »Oder soll ich dich mit deiner blöden Fresse da 'reindrücken!« Sie machte Anstalten, ihre Drohung wahrzumachen.

Ihre Worte ließen ihn Gefühle der Zuneigung und Lust zu ihr durchströmen, noch nie hatte er sich während einer Session zu ihr derart hingezogen gefühlt. Je mehr sie ihn niedermachte, desto näher fühlte er sich ihr.

Sie spürte das und je mehr er es genoß, von ihr so behandelt zu werden, desto mehr genoß sie ihr eigenes Tun, begehrte sie ihn.

Er überwand sich und leckte die Suppe vom Boden auf. Er stellte fest, daß ihm das verdammt gut gefiel, und mußte gegen eine Erektion ankämpfen, die in den engen Shorts schmerzhaft war. Er wußte nicht, daß sie in ihrer Körpermitte gleiches verspürte, so sehr erregte es sie zu sehen, wie er, als sei es das Selbstverständlichste von der Welt, den Boden sauberleckte, um sich anschließend ihren Stiefeln zu widmen. Sie schloß die Augen, legte den Kopf in den Nacken, seufzte leise vor Lust auf und glaubte seine Zunge durch das Leder auf ihrer Haut zu spüren. Die Nässe lief ihr bereits an den Innenseiten der Schenkel hinunter. Sie dachte längst nicht mehr an Britta, an ihre Zweifel, die zu dieser Situation geführt hatten.

Sie öffnete die Augen, sah, wie er ihre Stiefel saubergeleckt hatte, wie er ihre Absätze mit der Zunge umspielte. Länger hielt sie es nicht mehr aus. Sie mußte ihn in sich spüren. Sie packte ihn mit festem Griff bei den Schultern. Er spürte ihre Nägel durch das weiche Leder ihrer Handschuhe. Furchtsam sah er sie an, sah das Lachen in ihren Augen, einen fröhlichen Übermut, der an Stelle ihrer Wut getreten war. Sie drückte ihn auf den Rücken, so daß er mitten auf dem Küchenboden lag, dabei den Napf umstieß, und der restliche Inhalt sich über den Boden ergoß, was sie aber nicht interessierte. Er spürte, wie sie den Reißverschluß der Shorts öffnete und mit festem Griff seinen Schwanz hervorholte, als sei er ihr Eigentum, mit dem sie nach Belieben verfahren konnte, unmittelbar darauf auch schon auf ihm saß und – ja, man konnte es gar nicht anders nennen – ihn regelrecht durchfickte. Vergessen war der Schmerz auf seinem Hintern. Vergessen hatte sie ihren Ärger. Sie hatten beide ihren Spaß, nur das stand wirklich fest. Ab heute würde *sie* den Ablauf der Sessions bestimmen, vor allem weg mit diesen kurzen Röcken und endlich die wadenlangen, bis zur Hüfte geschlitzten, die sie wirklich scharf fand. Verdammt, sie war die Domse und er nur ein ›Scheißsklave‹, der nichts als zu gehorchen hatte, den sie nach Herzenslust benutzen und ficken konnte!

Es mochte vielleicht Frauen geben, die ›so etwas‹ für einen Mann nur aus Liebe machten; *sie* gehörte ganz sicher nicht zu ihnen.

Die ›Gouvernante‹

Für Lars war sie in erster Linie ›die Gouvernante‹. Tatsächlich hieß sie Lisbeth Schmitz-Grewe, war Mitte vierzig, geschieden und arbeitete seit etwas mehr als einem Jahr in derselben Abteilung.

Diesen Spitznamen hatte er ihr wegen ihres Auftretens und ihrer Art sich zu kleiden gegeben. Sommers wie winters trug sie überwiegend wadenlange hell- oder dunkelbraune körperbetont geschnittene Röcke zu überwiegend hellen hochgeschlossenen langärmligen Blusen, ihre Strümpfe – wahrscheinlich eher Strumpfhosen als Strümpfe, wie er sich sogleich verbesserte, da er sich nicht vorstellen konnte, daß eine Frau wie sie etwas anderes als vermeintlich langweilige spießige Strumpfhosen aus dem Discounter trug, obwohl weder diese noch ihre Röcke oder ihre Blusen oder ihre Schuhe auf irgendeine Weise billig wirkten – waren ausnahmslos hautfarben und von mittlerer Stärke, wobei er sich über blickdichte auch nicht gewundert hätte. Ebenso erschien es ihm als Tatsache, daß sie schlichte unerotische weiße Unterwäsche trug. Dagegen verrieten ihre, in der Regel mit halbhohen Absätzen versehenen Schuhe – an kühleren Tagen trug sie vorwiegend Stiefel – schlichte Eleganz.

Sie schien eine Vorliebe für enganliegende schwarze, braune, graue oder beige überwiegend mittellange Handschuhe aus feinem Leder zu haben, die sich wie eine zweite Haut um ihre Hände schmiegten. Er konnte sich nur an wenige, wirklich warme Tage erinnern, an denen er sie ohne Handschuhe gesehen hatte. Was in ihm die Vermutung hatte entstehen lassen, ob sie nicht einen Fetisch dafür besaß. Abwegig war der Gedanke nicht, schließlich konnte er wiederholt beobachten, wie sie ihre Handschuhe auf eine besondere, fast schon zärtlich verliebte Weise überstreifte, wobei ihn jedes Mal ein leicht wohliger Schauer durchlief. Er meinte dabei für einen Augenblick ein verklärtes

Lächeln über ihre ansonsten beherrschte Mimik laufen zu sehen. Im Gegenzug schien sie stets einen Seufzer des Bedauerns zu unterdrücken, sobald sie diese auszog.

Er konnte sich nicht helfen, aber ihre Handschuhe, insbesondere jene, denen anzusehen war, daß sie häufig getragen wurden, gaben ihrer Erscheinung etwas Damenhaftes. Dieser Eindruck war unabhängig davon, daß Handschuhe für ihn unverzichtbares Accessoire einer Dame waren.

Ob sie vorbehaltlos als attraktive Frau bezeichnet werden konnte, wußte er nicht letztgültig zu sagen. Jedoch konnte er zwei Dinge bei ihr bedenkenlos als schön bezeichnen; ihre schlanken unberingten gepflegten Hände mit den kurzen unlackierten Nägeln und die angenehm geschwungenen Waden mit den auffallend schmalen Fesseln – mehr sah er wegen ihrer langen Röcke nicht von ihren Beinen.

Sobald sich die Gelegenheit bot, es ›unauffällig‹ zu können, warf er nur zu gerne einen Blick auf ihre Beine. Wenngleich er ihre nahezu wadenlangen Röcke gerne ›kritisierte‹, so sagten sie ihm grundsätzlich mehr zu als kurze, die einen ungehinderten Blick auf die Beine ihrer Besitzerin gewähren. Er war ein ergebener Bewunderer schöner Frauenbeine und als solcher liebte er auch das Geheimnisvolle, das sich den Blicken nicht sogleich verriet. Den Rest gab er lieber seiner Fantasie anheim.

Sie war weder klein noch groß, weder übermäßig schlank noch irgendwie korpulent, weder flachbrüstig knabenhaft noch mütterlich üppig. Ihre breiten schwarzen Ledergürtel, die sie gewöhnlich trug, ließen ihre Taille etwas schmaler und ihre Hüften etwas breiter erscheinen. Das mittellange dunkelblonde Haar, in dem sich bereits verschiedentlich graue Strähnen entdecken ließen, trug sie zu einem Dutt frisiert, was ihr etwas Strenges gab, weil es ihr Gesicht kantiger wirken ließ. Ihr Make-up war so dezent, daß es fast schien, als lege sie keines auf. Ihre vollen Lippen, die sich bisweilen gerne spöttisch kräuselten, waren stets ungeschminkt. Die meisten Leute bedachte sie aus ihren blauen Augen über die randlose Brille hinweg mit einem Blick, der einschüchternd wirkte, wobei er nicht einmal mit Bestimmtheit sagen konnte, ob es mit Absicht geschah oder es nur eine über die Jahre entstandene Eigenheit ohne tieferen Sinn war.

Den Kollegen begegnete sie überwiegend mit distanzierter Höflichkeit. Sie redete nur selten mehr als notwendig, war aber einer kleinen Plauderei gegenüber auch nicht abgeneigt. Dabei war ihm bisher entgangen, daß sie sich mit ihm mehr als mit den übrigen Kollegen über mehr als das beruflich Notwendige austauschte. Doch selbst ihm erzählte sie so gut wie nie etwas aus ihrem Privatleben, wie er übrigens ihr auch nicht.

Tauschten sich montags die Kollegen darüber aus, was sie am Wochenende unternommen hatten, hielt sie sich beinahe demonstrativ im Hintergrund und schien sie mit einem fast schon bemitleidenswerten Blick zu bedenken, da sie meinten, daß irgend jemand, außer ihnen selbst, ihre, eigentlich langweiligen, meist familiären Unternehmungen interessierten. Er dachte im Prinzip ähnlich, aber er hätte es nie offen gezeigt, sondern hörte mit höflicher Anteilnahme zu. Selbst verspürte er kein Bedürfnis, von seinen Wochenendaktivitäten zu berichten. Da er, neben ihr, als einziger in der Abteilung weder über Familie noch über eine feste Partnerschaft verfügte, schien niemand von ihm eine aktive Teilnahme an den Gesprächen zu erwarten.

Keiner der Kollegen nahm offenkundig auf irgendeine Weise an ihrer Distanziertheit Anstoß. Ihr wurde mehr Respekt als dem Abteilungsleiter Bremer entgegengebracht, der selbst gehörigen vor ihr zu haben schien.

Vielleicht trotz oder gerade weil sie so wenig von sich preisgab, faszinierte ihn die gut zehn Jahre ältere Lisbeth Schmitz-Grewe auf besondere Weise.

Er erwachte an diesem Mittwochmorgen leicht zerschlagen. Nachdem er mitten in der Nacht von einem heftigen Gewitter aus dem Schlaf gerissen worden war, hatte er lange gebraucht, um wieder einzuschlafen. Der fast tropische Regen, der dabei über der Stadt niederging, war am Morgen in einen feinen Landregen übergegangen. Nichts deutete darauf hin, daß das schöne Frühsommerwetter der letzten Tage so bald zurückkehrte. Auch hatte es merklich abgekühlt, jedoch nicht so, daß die wärmenden Pullover wieder aus dem Schrank hervorgeholt werden mußten.

Als er, noch immer leicht verschlafen, an der Haltestelle unweit der Firma aus dem Bus stieg, legte der Regen eine Pause ein. Der Himmel präsentierte sich aber weiterhin Grau in Grau und es schien nur eine Frage der Zeit, bis der Regen wieder einsetzte.

Von einem herzhaften Gähnen begleitet wollte er gerade die Einfahrt zum kleinen Parkplatz vor dem Verwaltungsgebäude betreten, als Lisbeth Schmitz-Grewe in ihrem, nicht mehr allzu neuen aber gepflegten, kleinen roten Auto an ihm vorbei auf den Parkplatz fuhr.

Zwar gab es für die Mitarbeiter keine festen Stellplätze, doch sie parkte stets auf demselben, den ihr offenkundig niemand streitig machte. Ganz gleich, wann sie kam; auf ›ihrem Platz‹ stand nie ein anderes Fahrzeug.

Aus einem unerfindlichen Grund blieb er stehen und sah ihr zu, wie sie souverän einparkte, den Motor abstellte, schwungvoll die Fahrertür öffnete und mit damenhafter Eleganz ausstieg. Dabei gab ihr relativ enger, seitlich geschlitzter Rock für einen Moment den Blick auf ihr linkes Knie frei.

Er glaubte zuerst sich zu täuschen, es schien, als reichten die schwarzen, sich eng um ihre Beine schmiegenden Stiefel aus schwarzem Leder deutlich über die Knie hinauf. Diese Möglichkeit erschien ihm jedoch so wenig wahrscheinlich, daß er es für ein Schattenspiel an diesem trüben Morgen hielt und es wohl eher blickdichte schwarze Strümpfe waren.

Er bekam keine Gelegenheit, seine Beobachtung bestätigen zu können, denn sie schloß bereits die Tür des Autos ab und der fast wadenlange Rock ließ nur sehen, daß die Absätze ihrer Stiefel etwas höher als gewöhnlich waren.

Er sah ihr nach, wie sie zum Eingang schritt. Dabei wiegte sie die Hüften auf eine damenhafte und zugleich auch leicht kokette Weise, die große Ledertasche in der lederbehandschuhten Rechten mit einer gewissen Lässigkeit haltend.

Von hinten störte ihn an ihr nur ihre strenge Frisur, wenngleich er sie sich ohne nicht wirklich vorstellen konnte, ansonsten fand er sie betörend in dem hellbraunen Rock, der bei jedem Schritt ein reizvolles Faltenspiel bot, der kurzen taillierten Jacke mit den dreiviertellangen Ärmeln, die einen ungehinderten Blick auf ihre ellenbogenlangen schwarzen Lederhandschuhe ermöglichte.

Er sah ihr noch nach, als sie längst das Verwaltungsgebäude betreten hatte. Er konnte sich nicht helfen, an diesem Morgen wirkte sie noch faszinierender als üblich auf ihn. Diese Faszination zog sich nicht aus dem, was er beim Aussteigen glaubte, beobachtet zu haben, auch nicht aus der Tatsache, daß die Absätze ihrer schicken Stiefel ungewohnt hoch waren, sondern daß er zum ersten Mal bewußt die starke erotische Ausstrahlung spürte, die von ihr ausging. Beinahe war er geneigt anzunehmen, daß es sich bei ihr nicht um Lisbeth Schmitz-Grewe, sondern um jemand anderen gehandelt haben könnte. Aber das war absurd.

»Träumst du oder wartest du auf jemanden«, riß Holgers fröhliche Stimme ihn aus seinen Gedanken.

Holger war der einzige der Kollegen, mit dem er auch außerhalb der Firma Kontakt pflegte. Sie waren im gleichen Alter. Das einzige, was ihn an Holger störte, war dessen beinahe penetrante morgendliche Frische. Lars war zwar kein ausgesprochener Morgenmuffel, aber vor der Frühstückspause ging er es lieber gemächlicher an.

Er murmelte daher irgend etwas zur Entschuldigung, was Holger jedoch nicht weiter beachtete. Er ließ sich bereits über das Wetter aus, während sie gemeinsam das Verwaltungsgebäude betraten.

Auf dem Weg vom Treppenhaus zu seinem Büro, das am Ende des Flurs lag, mußte Lars an der kleinen Küche vorbei. Lisbeth Schmitz-Grewe, noch in Jacke und Handschuhen, schaltete gerade den Wasserkocher ein, um das Wasser für ihren Morgentee zu erhitzen. Dabei wandte sie ihm das Profil zu und er glaubte, etwas ungewohnt Aufgekratztes in ihrer Mimik zu erkennen, während sie ansonsten morgens eher gelangweilt wirkte.

Er schüttelte kaum merklich den Kopf, die schlecht verbrachte Nacht spielte seiner Fantasie vermutlich erneut einen Streich.

In seinem Büro warf er, wie jeden Morgen, einen kurzen Blick aus dem Fenster. Der Regen hatte wieder eingesetzt. Er holte sich aus der Küche eine Tasse Kaffee und hielt sich etwas länger als gewöhnlich dort auf, als er sah, wie das Wasser im Kocher siedete. Er hätte es nie zugegeben, doch er wartete darauf, daß sie hereinkam, um ihren Tee aufzubrühen.

Er brauchte sich nicht allzu lange zu gedulden. Sie grüßte ihn freundlich und schenkte ihm sogar ein Lächeln, was eher selten vorkam, zumindest nicht so auffällig, und ihn eigentümlich berührte, während sie das heiße Wasser in eine Tasse goß, in der bereits ein Teebeutel lag.

Sie tauschten allgemeine Floskeln übers Wetter aus, währenddessen er bemüht war, nicht zu auffällig auf ihre Stiefel zu schauen, die zwar liebevoll gepflegt, aber nichtsdestoweniger häufig getragen wurden, obwohl er sich nicht darin erinnern konnte, daß sie diese schon einmal im Büro getragen hatte.

Als sie mit ihrer Tasse, in der noch der Teebeutel zog, die kleine Küche verließ, sah er ihr nach.

Der breite schwarze Ledergürtel mit der schlichten Schnalle betonte ihre Hüften, auch wenn es ihm schwerfiel zu glauben – sie wiegte die Hüften auf eine betörende und kokette Weise, als mache sie es für einen Bewunderer, was ihn nun vollends irritierte, weil er sich einmal mehr als Opfer seiner unbewußten Wünsche sah. Nachdenklich ging er ins Büro zurück. Die negativen Folgen seines Singledaseins nahmen langsam beängstigende Formen an.

Weil er an diesem Vormittag einen dringenden Vorgang bis zur Mittagspause bearbeiten mußte, konnte er nicht weiter über seine Beobachtungen und Befindlichkeiten nachdenken.

Danach zog die Zeit sich hin, abgesehen von der dringend zu erliegenden Arbeit, hatte er derzeit wenig zu tun. Doch Bremer zu bitten, den Nachmittag freinehmen zu können, verspürte er auch wenig Lust. Der ergiebige Landregen machte keinerlei Lust auf irgend etwas. Daher konnte er auch im Büro bleiben und das tun, was er schon immer machen wollte, den Schreibtisch aufräumen zum Beispiel.

Doch auch dazu fehlte ihm der rechte Anreiz, statt dessen

sah er in den Regen hinaus. Das gleichmäßige Brummen des Lüfters seines Rechners besaß etwas Einschläferndes.

Lisbeth Schmitz-Grewe kam herein, um den wöchentlichen Beitrag für die Kaffeekasse einzusammeln. Eine Tätigkeit, die früher die Kollegen abwechselnd und stets mit großer Nonchalance betrieben hatten. Mit dem Ergebnis, daß immer irgend etwas fehlte und die Kasse meist leer war, mußte neuer Kaffee oder Tee oder Kekse gekauft werden. Kaum war sie in ihre Abteilung versetzt worden, hatte sie die Kaffeekasse in die Hand genommen. Obwohl nun alle weniger einzahlen mußten als früher, gab es stets ausreichend Kaffee, Tee und Kekse und auch noch von spürbar besserer Qualität.

Er war über diese Abwechslung nicht nur wegen seiner augenblicklichen Langeweile dankbar, sondern stellte fest, daß ihm ihre Gesellschaft auf eine besondere Weise noch angenehmer als bisher war. Sie schien wirklich aufgekratzt zu sein. Erneut meinte er, daß ein leises Lächeln um ihre vollen weichen Lippen spielte. Überhaupt schien er heute stärker das weiblich Weiche in ihr zu sehen und daß sie eigentlich eine sehr attraktive Frau war. War an ihrer Bluse nicht auch ein Knopf mehr offen? Oder war ihm der Ansatz ihres Busens früher nicht so sehr aufgefallen, weil er ihm heute üppiger erschien?

Als sie ihn mit ihrer Liste unter dem Arm und der schwarzledernen Börse in der Hand, in der sie das Geld der Kaffeekasse aufbewahrte, verließ, meinte er, daß sie geradezu auffällig provokant die Hüften wiegte, und die Vermutung, daß sie es für einen Bewunderer tat, wurde fast zu einer kleinen Gewißheit, nur daß er dieser sein könnte, schien ihm nicht in den Sinn zu kommen.

Kaum hatte sie das Büro verlassen, verflog der Zauber auch schon wieder und machte der Überzeugung Platz, sich das eingebildet zu haben. Es gelang ihm nicht, sie sich vorbehaltlos als kokette Verführerin vorzustellen, dennoch zweifelte er nicht daran, daß sie ihren Körper vorbehaltlos bejahte, weil sie wußte, welch schöne Gefühle er ihr verschaffen konnte und über ein reges Sexualleben verfügte, weil gerade Frauen wie sie im Schutz des Schlafzimmers jede Zurückhaltung bewußt ablegten. Allerdings wußte er nicht, ob der Wunsch mit ihr zu vögeln, einem ehrlichen Bedürfnis nach ihrer Person oder seinem mittlerweile über zweijährigen Singledasein entsprang, das ihn weniger wählerisch werden ließ.

Er rief seine E-Mails ab – es waren nur wenige und unwichtige dazu – stützte den Kopf auf den Arm auf, blickte erneut in den Regen hinaus und ließ die Gedanken schweifen.

»Lars, du sollst sofort zur Schmitz-Grewe ins Büro kommen«, riß Holger ihn unsanft aus seinen Gedanken.

Holgers Mimik verriet nichts Gutes. Er schrak zusammen. Schließlich bedeutete es nur selten etwas Erfreuliches, ins Büro der Schmitz-Grewe zitiert zu werden.

Mit heftig klopfendem Herzen und weichen Knien ging er zu ihrem Büro, das am entgegengesetzten Ende des Flurs lag.

Er hatte den Eindruck, daß die Kollegen zurzeit einzig derart intensiv mit ihrer Arbeit zugange waren, um nicht in den Verdacht zu geraten, mit ihm auf irgendeine Weise zu sympathisieren und froh darüber zu sein schienen, daß der Kelch diesmal an ihnen vorübergegangen war. Doch machte er ihnen das nicht zum Vorwurf. Er hätte sich an ihrer Stelle ähnlich verhalten.

Vor *ihrem* Büro blieb er einen Augenblick stehen. Er fühlte sich wie ein Schüler, der sich einen Rüffel vom Direktor wegen einer Verfehlung abholen mußte, die offenbar so niederträchtig war, daß er sogar mit einem Verweis zu rechnen hatte, obwohl er nicht die leiseste Ahnung besaß, was ihm vorgeworfen wurde.

Zaghaft klopfte er an die Tür, als könne er jemanden mit dieser Geste besänftigen. Ein scharfes »Herein« ertönte von innen und sein Herz rutschte wieder ein Stück näher zu seiner Hosentasche.

Mit zitternden Fingern und feuchten Handflächen drückte er die Klinke nieder, öffnete fahrig die Tür und trat ein.

»Schließen Sie die Tür hinter sich«, sagte sie streng ohne dabei wirklich die Stimme zu heben.

Er schloß die Tür so behutsam als könne sie dabei leicht beschädigt werden. Ängstlich sah er zu *ihr* hinüber.

Sie saß auf ihrem Schreibtischstuhl, die Beine mit damenhafter Eleganz übereinandergeschlagen, weil der seitliche Schlitz ihres Rocks höher hinaufreichte, als es zuvor den Eindruck gemacht hatte, gab er den Blick ungehindert auf ihre schritthohen Stiefel frei, die sich wie eine zweite Haut um ihre schönen Beine schmiegten. Sie trug ellenbogenlange schwarze Lederhandschuhe und spielte gedankenverloren mit einer soliden Gerte, die sichtbare Gebrauchsspuren aufwies.

Sie musterte ihn sichtlich spöttisch und von oben herab über den Rand ihrer Brille. Obwohl sie saß, hatte er das Gefühl, daß sie ihn auch physisch von oben herab ansah.

Ihm gelang es nicht, diesem Blick standzuhalten und senkte ihn. Dennoch spürte er weiterhin ihren einschüchternden Blick auf sich ruhen.

»Sie sind Montag und Dienstag jeweils drei Minuten zu spät gekommen, heute morgen sogar unglaubliche vier! Und gestern sind Sie sogar drei Minuten früher gegangen und heute waren sie zwei Minuten länger in der Mittagspause. Außerdem sind Sie häufig abgelenkt. Erschwerend kommt hinzu, daß Sie mir heute morgen auf dem Parkplatz nachgeschaut haben, wie ich ausstieg und zum Eingang ging. Ihre Gedanken waren dabei unzweifelhaft obszöner Natur«, fuhr sie im Tonfall eines unerbittlichen Anklägers fort.

»Ich …«, versuchte er zaghaft sich zu verteidigen.

»Schweigen Sie«, fiel sie ihm barsch ins Wort. »Ich will keine halbgaren Ausflüchte. Die bekomme ich ständig von Ihnen und Ihren Kollegen zu hören. Immer ist in Wahrheit alles ganz anders. Nie ist es so, wie Ihnen vorgeworfen wird, obwohl es stets reichlich Zeugen für Ihr Fehlverhalten gibt.«

Er zuckte erneut zusammen, diesmal wie unter einem Schlag. Sollte Holger ihn verpetzt haben? Möglich wäre es. Um sich beim Chef liebkind zu machen, ergriff auch er jede sich bietende Gelegenheit, darin unterschied er sich nicht von den Kollegen.

Sie stand mit einer fließenden Bewegung auf und ging langsam um ihn herum, jeden Schritt mit Bedacht tuend. Sie setzte den Fuß zuerst mit dem Absatz auf, bisweilen drehte sie ihn leicht auf dem Absatz, um dann das Gewicht langsam auf den Ballen zu verlagern und abzurollen.

Ohne es wirklich zu wollen, durchströmte ihn beim Blick auf ihre Stiefel ein eigenartiges Kribbeln, das nicht so recht zu seiner momentanen Einschüchterung passen wollte.

»Ausflüchte, nichts als Ausflüchte bekommt man zu hören«, fuhr sie ärgerlich mehr zu sich selbst gewandt fort und schlug mit der Gerte bei jedem dritten Wort in ihre linke lederbehandschuhte Handfläche, so daß es laut klatschte. Jedesmal durchzuckte es ihn, als er hätte den Schlag erhalten.

»Es ist dieser Schlendrian, der euch allen eigen ist, den es auszumerzen gilt. Leider wird das nicht allein mit gutem Zureden möglich sein, dafür ist alles zu sehr eingerissen. Ohne besondere Maßnahmen wird es nicht gehen. Jeder wird das am eigenen Leib zu spüren bekommen«, seufzte sie, als bedauere sie selbst am meisten, daß ihr die undankbare Aufgabe zugefallen war, wieder Ordnung in den Betriebsablauf zu bringen.

Sie stand jetzt hinter ihm. Er fühlte, wie ihr Blick seinen Rücken hinunterwanderte und es durchlief ihn heiß und kalt zugleich. Er glaubte, ihren warmen Atem im Nacken zu spüren.

Sie schwieg. Nur das in gleichen Abständen erfolgende Klatschen, wenn sie mit der Gerte in ihre Handfläche schlug, durchbrach die Stille.

»So, und nun läßt du die Hosen runter«, befahl sie mit schneidender Stimme.

Er schrak erneut zusammen. Wenn sie vom ›Sie‹ zum ›Du‹ wechselte, bedeutete das nichts Gutes für den Betreffenden, dann war er erledigt und ihr auf Gedeih und Verderb ausgeliefert, fast immer traf letzteres zu.

»Na? Wird das bald mal etwas? Oder muß ich erst andere Saiten aufziehen?«

Zur Verdeutlichung, daß sie nicht mit sich Spaßen lassen würde, hieb sie die Gerte zweimal kurz hintereinander kraftvoll durch die Luft, dicht an seiner linken Seite vorbei, so daß er den Luftzug deutlich spürte. Das dabei entstehende Geräusch klang äußerst ekelhaft in seinen Ohren. Die Befürchtung, daß ihn der nächste Schlag traf, überzeugte ihn, ihrer Aufforderung augenblicklich nachzukommen.

Kaum hatte er den Gürtel gelöst und den Reißverschluß geöffnet, rutschte die Hose bis zu den Knien hinunter. Sein Herz würde in Bälde folgen. So wie es sich anfühlte, seufzte er innerlich tief und fügte sich in sein Schicksal.

»Die Unterhosen ebenfalls. Auch wenn du, zu meiner angenehmen Überraschung, kein langweiliges Doppelfeinripp trägst, was mehr Männern tun als man glaubt und deine Unterhose offenkundig frisch gewaschen ist. Vor mir mußten schon etliche Kerle die Hosen herunterlassen. Was mitunter darunter zu sehen gewesen war, hätte an sich schon Bestrafung verdient.«

Sie stand wieder vor ihm und blickte ihn über den Rand ihrer Brille spürbar verächtlich an.

Er zog fahrig auch die Unterhosen hinunter.

»Du überraschst mich ein weiteres Mal«, sagte sie und diesmal überflog ihr strenges Gesicht ein anerkennendes Lächeln. »Obwohl die Ausbeulung in deinen Hosen es ja erwarten ließ.«

Sie berührte mit der Spitze ihrer Gerte seinen Schwanz, der – für ihn peinlich – leicht erigiert war. Ihre Berührung sorgte dafür, daß er noch etwas steifer wurde.

»Bei einem Hengst würde man davon sprechen, daß er ein wunderbares Gehänge besitzt«, fuhr sie mit Wärme fort und faßte ihm unvermittelt an die Hoden.

Er hielt den Atem an, auf alles gefaßt und ein leichtes Gefühl von Panik wollte in ihm aufsteigen, wenn sie jetzt nur leicht zudrückte – er brachte den Gedanken nicht zum Ende. Aber seine Befürchtungen waren unbegründet. Sie dachte nicht einen Moment daran, ihm die Hoden zu quetschen, viel mehr wog sie sie fachkundig in der Hand, als prüfe sie einen Zuchthengst vor dem Kauf auf seine Tauglichkeit und halte sie sie gerne in der hohlen Hand.

Das warme weiche glatte Leder ihrer häufig getragenen Handschuhe an seinen Hoden zu spüren, ließ ihn eine fast vollständige Erektion bekommen. Unwillkürlich drängte sich ihm der Gedanke auf, daß sie schon viele Hoden und Schwänze mit diesen Handschuhen berührt und auf ihre Qualität geprüft hatte. Dieser Gedanke bescherte ihm endgültig eine vollständige und beinahe leicht schmerzhafte Erektion.

»Es ist erfreulich zu sehen, daß du offenkundig weißt, wie ein Mann sich einer Frau gegenüber benimmt, daß er ihr nie einen schlaffen Schwanz präsentiert. Schlaffe Schwänze sind schrumpelig, häßlich, wirken nutzlos, traurig, als hätten sie nicht nur schon bessere Zeiten gesehen, sondern als könnten, was viel schlimmer ist, für sie diese Zeiten niemals wiederkehren.«

Er konnte nicht sagen, ob sie es ernst oder ironisch meinte. Das war bei ihr mitunter nicht leicht zu deuten.

Fast zärtlich streichelte sie ihm die Hoden, fuhr mit den Fingerspitzen an ihnen hoch zum Schwanz und weiter bis zur Eichel, über die noch die Vorhaut gestreift war.

Er mußte den Atem anhalten. Ihre Berührung ging ihm durch und durch. Fast war er froh, als sie die Hand wegnahm, obwohl er sich nichts sehnlicher wünschte, als daß sie ihre Liebkosungen so lange fortsetzte, bis er sich über ihre lederbehandschuhte Hand ergoß. Allein die Vorstellung, wie sich sein cremig weißes Sperma über das schwarze Leder ergoß, ließ ihn innerlich sehnsüchtig seufzen.

»So, genug geplaudert«, riß sie ihn aus seinem Wunschtraum, »du stellst dich jetzt vor den Schreibtisch, beugst dich vor und stützt dich darauf auf. Deinen Knackarsch streckst du mir entgegen.«

Das Gehen mit heruntergelassener Hose war nicht leicht. Er wußte, daß er eine lächerliche Figur dabei abgab, aber er traute sich nicht, die Hosen hochzuziehen. Zum Glück war es nur ein kurzes Stück.

Als er wie befohlen dastand, betrachtete sie eine Weile seinen verlängerten Rücken. Seine Erektion hatte um keinen Deut nachgelassen. Sie klemmte sich die Gerte unter den linken Arm, stellte sich breitbeinig hinter ihn und packte ihm kräftig mit beiden Händen an die Hinterbacken.

Er war bemüht, nicht zusammenzuzucken, da er nicht wußte, wie sie es aufnehmen würde.

Genüßlich knetete sie ihm die festen Hinterbacken.

Für den Moment stellte er sich vor, wie sie einen dicken Strap-on angelegt hatte und mit diesem gleich in seinen Arsch eindringen und dabei mit Nachdruck seinen Schließmuskel dehnen, wie der Schmerz ihm für einen Augenblick den Atem rauben würde, um im selben Moment einem starken Lustgefühl zu weichen. Wie sie ihm ihn bis zum Anschlag hineintreiben und ihn so lange genüßlich durchficken würde, bis er Lust und Schmerz nicht mehr voneinander trennen konnte. Und vielleicht würde sie ihm dabei mit ihrer lederbehandschuhten Rechten so lange den Schwanz massieren, bis er einen Orgasmus bekam.

»Ja, die sind schön fest. Darauf kannst du stolz sein«, lobte sie, nahm die Hände wieder weg und riß ihn zugleich erneut aus seiner Wunschvorstellung.

Von dem kurz darauf erfolgenden ersten Schlag auf seine rechte Hinterbacke nahm er nur das schneidende Geräusch des Niedersausens und das laute Klatschen der Gerte beim Auftreffen auf seiner Haut wahr, den brennenden Schmerz spürte er erst wenige Augenblicke später. Da hatte sie bereits seine linke Hinterbacke getroffen. Hier jedoch folgte das Brennen fast auf dem Fuß.

Die Schläge kamen wohl dosiert in so gleichmäßigen Abständen, als richte sie sich nach einem Metronom. Nie hieb sie auf dieselbe Stelle. Lautes schneidendes Zischen und Klatschen erfüllte in einem monotonen Rhythmus den Raum. Er fühlte seinen Hintern glühen. Ihm standen vor Schmerz die Tränen in Augen, aber er ließ keinen Laut der Klage vernehmen. Im Augenblick wäre es ihm allerdings lieber, sie würde ihm wirklich mit einem dicken Dildo den Arsch ficken. Das wäre sicherlich weniger schmerzhaft als diese Schläge, die ihm dennoch immer mehr ein besonders Lustgefühl bereiteten.

Sie schien das Schlagen nicht im mindesten anzustrengen. In den Pausen zwischen den Schlägen hörte er ihren Atem unvermindert ruhig und gleichmäßig gehen.

Der Hintern brannte ihm wie Feuer. Er spürte, daß er eine ganze Zeit nicht richtig würde sitzen können. Aber die Schläge schmerzten nicht einfach, sie ließen auch ein um so intensiveres Lustgefühl durch seinen Körper laufen, je länger sie dauerten, und sorgten dafür, daß seine Erektion nicht abklang. Er war in einer Stimmung, in der er willenlos alles mit sich würde machen lassen, was ihr in den Sinn kam, ja, im Grunde wollte er gar nichts anderes als von ihr gedemütigt und geschlagen und auf jede denkbare Weise sexuell benutzt und sogar ›mißbraucht‹ zu werden.

Bevor er jedoch die ersten wirklichen Klagelaute ob des brennenden Schmerzes auf seinem geschundenen Hintern ausstoßen konnte, hörte sie auf.

»Das genügt fürs Erste.« Ihre Stimme verriet nicht die leiseste Gefühlsregung. »Du kannst dich wieder aufrichten.«

Er folgte der Aufforderung etwas schwerfällig, jede Bewegung tat ihm weh. Tränen des Schmerzes standen ihm in den Augen, dennoch ließ er keinen Laut des Jammerns vernehmen.

»Nachdem du deine Strafe so bereitwillig und ohne Klagelaute hast über dich ergehen lassen, darfst du mir jetzt einen Gefallen tun. Machst du deine Sache gut, könnte ich mich dazu hinreißen lassen, auch dir eine kleine Entspannung zukommen zu lassen.« Dabei umspielte ihre Lippen ein beinahe diabolisches Lächeln, was ihn vermuten ließ, daß die ›kleine Entspannung‹ mehr zu ihrem als zu seinem Vorteil sein würde.

Sie legte die Gerte auf den Schreibtisch und setzte sich mit gespreizten Schenkeln auf den Schreibtischstuhl, wobei die den Rock so weit hochzog, daß ihre nackte Scham sich seinen Blicken präsentierte. Es war unübersehbar, daß sie das Züchtigen seiner Person erregt hatte.

Er ließ den Blick an ihren Stiefeln bei den Sohlen beginnend hinaufwandern zu den hautfarbenen Nahtnylons, die an altmodischen weißen Strumpfhaltern befestigt waren, die er aber betörender empfand als vermeintlich ›moderne‹ sündige Schwarze.

Sie ließ ihm Zeit, den Anblick ihres Kleinods zu genießen. Sie hatte seinen Fetisch für Nahtnylons und hochhackige schritthohe Stiefel an schönen Frauenbeinen vom ersten Tag an erkannt.

Zufrieden sah sie, wie er ihre nackte Scham ängstlich und lüstern zugleich betrachtete und spürte, wie sie unter diesen Blicken nasser wurde.

Dafür fühlte er wie seine Kehle trockener und seine Handflächen zum Ausgleich feuchter wurden. Er hätte im Augenblick nur ein Krächzen hervorgebracht. Was bezweckte sie damit, ihm ihr Heiligstes zu zeigen? Dieses wunderbar feuchtglänzende Geschlecht, mit den rosigen, leicht vorwitzig herausschauenden inneren Schamlippen.

»Du wirst dich jetzt vor mich knien und mir langsam und genüßlich die Stiefel lecken, von den Absätzen aufwärts. Du wirst mit deiner Zunge langsam bis zu meiner Möse hinaufwandern. Du wirst mir die Schamlippen mit den Fingern auseinanderziehen, deinen Mund darauf legen und mich ausgiebig lecken, bis ich dir sage, daß du aufhören kannst.«

Sie redete, als gebe sie ihm eine banale Arbeitsanweisung und doch lag in ihrer Stimme etwas unüberhörbar Lüsternes, klang die Vorfreude über die zu erwartenden Genüsse mit.

Seine Atemzüge gingen heftiger. Ihm trat leicht der Schweiß auf die Stirn und seine Erektion wurde erneut dermaßen heftig, daß sie ihn fast schon schmerzte. Das Brennen auf seinem Hintern spürte er gar nicht mehr, obwohl die Haut noch immer glühte und sich spannte und er vorerst keine Berührung dort ertragen konnte ohne vor Schmerzen aufheulen zu müssen. Noch einen oder zwei Schläge mehr und die Haut wäre sicherlich aufgeplatzt.

Sie brauchte ihm nicht zu erklären, was er zu tun hatte, denn er wollte selbst nichts anderes als ihr die Stiefel zu lecken und sie mit dem Mund zum Orgasmus bringen. Eine Frau mit dem Mund zum Orgasmus zu bringen, war für ihn noch um einiges schöner, als in ihr zu sein und zu ejakulieren. Er liebte den Geschmack ihres Lustnektars und ihn zu schlucken. Sie erschien ihm mehr noch als sonst als die begehrenswerteste Frau überhaupt. Er wäre bereit, so gut wie ALLES für sie tun, nur um sie ihm gegenüber milde zu stimmen. Aber wollte er überhaupt, daß sie ihm gegenüber das zeigte, was gemeinhin unter Milde verstanden wurde?

»Machst du deine Sache gut – woran ich nicht einen Augenblick zweifle, denn du scheinst offenkundig zu den Männern zu gehören, die wissen, wie sie eine Frau mit dem Mund zu verwöhnen haben – werde ich dich – aber nur vielleicht, hörst du! – mit meinen lederbehandschuhten Händen zum Höhepunkt bringen und dein Sperma über sie laufen lassen. Ich weiß, daß du zu den Männern gehörst, die es mögen, von einer Frau mit Lederhandschuhen zum Orgasmus gebracht zu werden. Die Art und Weise wie du immer auf meine lederbehandschuhten Hände schaust, hat es mir gesagt. Ähnlich verhält es sich mit meinen Stiefeln. Ihr Männer seid so leicht einzuschätzen, daß es für eine Frau beinahe langweilig ist. Übrigens mit diesen Handschuhen habe ich schon viele Männer ›gemolken‹ und entsprechend viel Sperma ist über sie geflossen.«

Bei der Vorstellung, wie sie unzählige Männer mit ihren Handschuhen masturbiert hatte, durchströmte ihn ein noch intensiveres lustvolles Gefühl, das ihn schwer atmen ließ. Er nahm sich vor, ihr so gut als möglich zu Willen zu sein, denn er *mußte* einfach ihre weichen Lederhandschuhe spüren und sich darüber ergießen, andernfalls wäre ALLES vergebens gewesen, die brennenden Schmerzen auf seinem Hintern, das Lecken ihrer schönen Stiefel.

In seiner Vorstellung sah er bereits das Leder ihrer Handschuhe feucht von seinem natürlichen Gleitmittel glänzen und bald darauf sein Sperma auf dem schwarzen Leder ihrer Handschuhe und ihrer Stiefel sich ergießen.

Doch das war nur noch mit dem Genuß vergleichbar, dem es ihm bereitete, einer Frau wie ihr die Stiefel und vor allem die Möse zu lecken, unabhängig davon welche Lust es ihm grundsätzlich bereitete, eine Frau mit dem Mund zum Orgasmus zu bringen, ihren Lustnektar zu schmecken, insbesondere wenn dieser reichlich aus ihr floß, was bei IHR sicherlich zu erwarten war. Er hatte es darin zu einer wahren Meisterschaft gebracht und gleich würde er ihr eine Kostprobe seiner Fertigkeit geben können. Gleich würde er ihren Genitalgeruch genüßlich in die Nase aufnehmen, das schönste Parfum, das eine Frau auflegen kann, sie auf den Wellen der Lust reiten lassen, so daß es reichlich aus ihr floß, woran er sich genüßlich laben würde, und sie vor Lust ...

»Jetzt erwische ich dich heute schon zum zweiten Mal beim

Träumen«, riß Holger ihn amüsiert aus seinem farbenfrohen Tagtraum.

Lars, der seiner Umgebung fast vollständig entrückt war, schrak nicht nur zusammen, sondern wäre um ein Haar noch errötet.

»Laß es gut sein, alter Junge«, fuhr Holger jovial fort, ohne seine Reaktion auf irgendeine Weise zu deuten. »Manchmal muß man mit den Gedanken abschweifen, besonders bei diesem Dauerregen. Man kann sich gar nicht vorstellen, daß es gestern noch sommerlich warm gewesen war.«

Er achtete kaum auf das, was Holger sagte. Vielmehr dachte er darüber nach, daß sein Tagtraum letztendlich weithergeholt war und nicht nur wegen der Art und Weise wie darin unaufmerksame Mitarbeiter abgestraft wurden. Das Problem lag weniger darin, daß die Zeiten lange vorbei waren, wo man unaufmerksame Arbeiter züchtigen konnte, sondern daß sich wahrscheinlich zu viele auf diese Weise nur zu gerne ›bestrafen‹ ließen, was die Produktivität eher absenken als steigern würde. Dennoch war nicht von der Hand zu weisen, daß ihm der Gedanke ausnehmend gut gefiel, so von Lisbeth Schmitz-Grewe behandelt zu werden unabhängig von der Frage, ob sie überhaupt an etwas vergleichbarem Spaß haben könnte.

»Gleich ist ohnehin Feierabend«, drangen Holgers Worte wieder an sein Ohr, der das Büro verließ, ohne eine Entgegnung abzuwarten.

Lars blickte erneut aus dem Fenster. Es sah nicht danach aus, als ob der Regen so bald aufhörte. Der Himmel war nach wie vor eine einzige graue Fläche.

Er seufzte kaum hörbar, stand auf, nahm seine leere Kaffeetasse und ging in die Küche – vielleicht gab es ja noch einen Schluck in der Kanne.

Die Kanne war leer, was er kurz vor Feierabend auch nicht anders erwartet hatte. Neuen Kaffee zu machen, lohnte sich nicht, daher wusch er seine Tasse aus und stellte sie aufs Bord über der Spüle. Im selben Moment kam Lisbeth Schmitz-Grewe mit ihrer Tasse herein. Sie trug bereits Jacke und Handschuhe.

Beinahe wäre er errötet, denn er schämte sich etwas, daß er

in seiner Fantasie so schamlos mit einer Kollegin umgesprungen war – obwohl sie es ja gewesen war, die schamlos mit ihm umgesprungen war. Doch dachte er sogleich daran, daß Gedanken ja grundsätzlich unschuldig sind und sich erst bei ihrer Realisierung herausstellt, ob sie sozial verträglich sind oder nicht. Abgesehen davon wußte sie ja nichts von ihnen.

»Man sagt zwar immer, daß es regnen muß, aber wenn auf Sonnentage Regen folgt, sind alle unzufrieden, außer den Landwirten«, bemerkte sie wie beiläufig und spürbar aufgeräumt, ohne ihn wirklich zu beachten, während sie ihre Tasse unter dem Wasserhahn ausspülte.

Lars nickte mehr pflichtschuldig. Ihn beschäftigte erneut die Frage, ob er bezüglich ihrer Stiefel heute früh einer Täuschung anheimgefallen war und sah dabei unwillkürlich auf ihre lederbehandschuhten Hände. Wie schön und schlank doch ihre Hände waren, es mußte schön sein, von ihnen berührt zu werden. Etwas Wasser war auf den rechten Handschuh gespritzt und machte das Leder feucht. Sogleich entstand ihn ihm das Bild von durch sein natürliches Gleitmittel oder gar sein Sperma feucht gewordenes Leder. Hoffentlich blickte sie ihn jetzt nicht an, er wäre unweigerlich errötet, wodurch sie seine Gedanken sicherlich erraten hätte. Sein Herz schlug schneller. Er mußte einen Seufzer der Sehnsucht nach dieser scheinbar distanzierten Frau unterdrücken.

Sie stellte, nichts von seiner augenblicklichen Gefühlswelt ahnend, ihre Tasse aufs Bord neben seine und warf einen kurzen Blick aus dem Fenster, das auf den Firmenparkplatz hinaussah.

»Jetzt da Feierabend ist, beginnt es natürlich wieder richtig zu regnen.« Sie wandte sich plötzlich ihm zu und blickte ihn freundlich an. »Sie müssen doch mit dem Bus fahren, Lars.«

Er nickte etwas irritiert als Antwort, da ihm der Sinn ihrer Frage nicht aufging, schließlich war es ihr bekannt. Daß es sich um keine Frage, sondern um eine einleitende Bemerkung handelte, war ihm nicht bewußt.

»Wenn Sie wollen, nehme ich Sie ein Stück in meinem Wagen mit«, fuhr sie fort, als wäre es nicht das erste Mal, daß sie ihm das vorschlug.

»Ach, so schlimm ist es gar nicht«, erwiderte er mehr reflexartig, da er einen Augenblick benötigte, bis er verstand, was sie ihm angeboten hatte.

»Unsinn«, schnitt sie ihm höflich aber bestimmt mit der gleichen Autorität wie in seinem Tagtraum das Wort ab, »die Haltestelle in der Nähe hat keinen Unterstand und bei dem Regen sind Sie auch mit Schirm in wenigen Minuten durchnäßt.«

Da sie im Augenblick spürbar mehr Ähnlichkeit mit der Lisbeth Schmitz-Grewe aus seinem Tagtraum besaß als mit der Lisbeth Schmitz-Grewe, die mit ihm in derselben Abteilung arbeitete, traute er sich nicht, ihr Angebot abzulehnen, wenngleich er bei nüchterner Betrachtung glücklich über die Möglichkeit war, zum ersten Mal ihre Gesellschaft außerhalb der Arbeit genießen zu dürfen.

»Ja, das stimmt«, erwiderte er und lächelte leicht verlegen, was sie als Zusage interpretierte.

»Fein, dann treffen wir uns in ein paar Minuten unten am Eingang.« Ihr Gesicht überflog ein Lächeln tiefer innerer Zufriedenheit.

Er konnte erneut nur nicken, die langsam aufsteigenden Glückshormone ließen mal wieder seine Kehle trocken werden.

Sie war schon fast aus der Küche, als sie plötzlich stehenblieb und auf ihren Rock hinuntersah.

»Wo habe ich mir denn diesen Flecken eingefangen«, sagte sie scheinbar zu sich selbst.

Reflexartig sah er zu ihr hin und versuchte auch den Flecken zu finden, den sie glaubte, entdeckt zu haben. Ihrer Blickrichtung nach urteilen, mußte er sich knapp über dem Saum befinden.

Doch so angestrengt er auch hinsah, er konnte nichts entdecken. Dafür ›entdeckte‹ er etwas anderes, als sie ungeachtet seiner Gegenwart den Rocksaum so weit anhob, daß er über die Knie reichte, um besser den imaginären Fleck betrachten zu können, daß er sich am Morgen nicht getäuscht hatte, ihre schicken Stiefel reichten tatsächlich ein gutes Stück über ihre Knie, wodurch sein Herz einen Freudensprung vollführte und er den Grund für das Entdecken des ›Flecks‹ richtig deutete.

Sie ließ ihn den Anblick ihrer Stiefel ausgiebig genießen, denn sie hielt den Rock eine Weile hoch, während sie versuchte, den imaginären Fleck zu entfernen. »So, jetzt ist er weg«, sagte sie zufrieden und wandte sich ihm noch einmal zu. »Man hat sich schneller einen Fleck eingehandelt, als man glaubt«, bemerkte sie von einem besonderen Lächeln begleitet.

Er erwiderte ihr Lächeln, das bereits mehr ein verschwörerisches Grinsen war. Worauf ihr Lächeln fast zu einem fröhlichen Lachen wurde. Sie hatte jetzt viel mit der Lisbeth Schmitz-Grewe aus seiner Fantasie gemeinsam. Er richtete sich darauf ein, daß er heute sehr spät nach Hause kommen würde, obwohl sie pünktlich Feierabend gemacht hatten und es nicht das einzige Mal bleiben würde, daß sie ihn nach Feierabend im Auto mitnahm.

Zur Untermiete

Zur Untermiete wollte Björn eigentlich nie wohnen. Zu lebhaft waren ihm die Erzählungen der Eltern im Gedächtnis, die während des Studiums zur Untermiete gewohnt hatten. Meist waren ihre Vermieter Witwen gewesen, die sich die Rente damit aufgebessert und die fast immer das Bedürfnis gehabt hatten, ihre Untermieter zu ›bemuttern‹. Wobei es Björns Vater stärker als seine Mutter getroffen hatte. Offenbar galt eine junge Frau als selbständiger als ein junger Mann. Björns Eltern hatten es daher selten länger als einige Monate bei derselben Vermieterin ausgehalten. Lediglich bei einer, eine im Vergleich zu den anderen relativ jungen Frau, sie war damals Anfang vierzig gewesen, war sein Vater länger geblieben. Obwohl sie ihn, laut seinen vagen und von einem leicht verklärten Lächeln begleiteten Andeutungen, von allen am aufmerksamsten ›betreut‹ hatte.

Als sich trotz intensiver Suche keine für ihn halbwegs finanzierbare Wohnung finden ließ, entschloß er sich schweren Herzens, die Angebote zur Untermiete zu wohnen, in Betracht zu ziehen.

Die beiden ersten Adressen auf seiner Liste strich er nach dem jeweils ersten Telefonat; zu sehr klangen ihm die Vermieterinnen nach fürsorglichen alten Damen. Das dritte Zimmer erwies sich nach einem kurzen Besuch als bessere Abstellkammer, Nummer vier war bereits vergeben, Nummer fünf wollte nur an Frauen vermieten, nannte aber keinen Grund dafür. Und Nummer sechs war trotz wiederholter Versuche zu unterschiedlichen Tageszeiten nicht zu erreichen, weshalb seine Zuversicht sank, je kürzer die Liste wurde. Bei Nummer sieben rechnete er bereits mit allem Möglichen nur nicht mit einer Zusage. Darum war er umso überraschter, als sich eine angenehme freundliche Altstimme meldete, die nach einem kurzen Gespräch einen Besichtigungstermin mit ihm vereinbarte.

Schon als er vor dem Haus stand, einem gepflegten Altbau, der vielleicht eine viertel Stunde Fußweg von der Uni entfernt und damit näher als alle anderen Wohnungen und Zimmer lag, die ihm bisher angeboten worden waren, hatte er ein gutes Gefühl.

Er zögerte einen Augenblick, bevor er auf den Klingelknopf drückte – hoffentlich würde *er* einen guten Eindruck machen. Er brauchte nicht zu lange zu warten, bis der Summer ertönte. Er trat in ein weitläufiges Treppenhaus. Von einem leichten Herzklopfen begleitet, ging er die Stufen hinauf in den zweiten Stock.

Er stand kaum vor der Tür, an der ein blankpoliertes Messingschild, in das in unprätentiöser Schrift der Name ›Elisabeth Mayer-Holtorff‹ graviert war, angebracht war, da wurde ihm bereits geöffnet.

Vom ersten Moment an war er von Elisabeth Mayer-Holtorff fasziniert.

Eine ausnehmend attraktive mittelgroße Frau in den späten Vierzigern, die in seinen Augen eine Tendenz zum Molligen besaß, was ihr jedoch gut stand; da bei ihr alle Rundungen an den richtigen Stellen waren. Ihre hauteng braune Lederhose ließ ihre Hüften etwas breiter erscheinen, die aber gerade deshalb umso ansprechender wirkten. Durch die beinahe turmhohen schlanken Absätze ihrer braunen Pumps war sie nur unwesentlich kleiner als er. Er schämte sich etwas, daß er unwillkürlich den Blick auf ihr üppiges Dekolleté richtete, das sie selbstbewußt und sichtlich exhibitionistisch präsentierte, die oberen Knöpfe ihrer hellen Seidenbluse waren so weit geöffnet, daß der Ansatz ihrer Brüste gut zu sehen war. Ihr Make-up mochte manchem etwas kräftig erscheinen, harmonierte jedoch bestens mit ihrem Typ, der kräftige Farben vertrug. Es betonte ihre vollen, vielleicht sogar etwas zu üppigen Lippen und ihre dunklen Augen, die ihn freundlich und auch leicht amüsiert musterten, da ihr seine Reaktion auf ihre Erscheinung nicht entging.

Sie strich sich eine Strähne ihres schulterlangen, dichten schwarzen Haares aus der Stirn und reichte ihm die gepflegte schlanke, unberingte Rechte, deren Nägel halblang und in einem dunklen Rot lackiert waren. Ein fruchtiges, dezentes Parfum umwehte sie, das seine Wirkung erst mit der Zeit entfaltete.

»Sie sind also der junge Mann, der sich für das Zimmer interessiert«, sagte sie mit Wärme, als er sich mit leicht unsicherer Stimme vorgestellt hatte.

Das betörende Timbre ihres Alts ließ es ihm prickelnd den Rücken hinunterlaufen. Ihre Hand fühlte sich warm und angenehm an und ihr Händedruck war kräftig und verriet Entschlossenheit.

»Ja«, erwiderte er noch etwas verschüchterter und spürte ein leichtes Kratzen im Hals.

Dabei zeigte er gewöhnlich keine Anfälle von Schüchternheit!

»Ich zeige Ihnen gleich das Zimmer«, fuhr sie fort und schloß die Tür hinter ihm.

Er befand sich in einer geräumigen Diele, die nach einigen Metern in einen leicht verwinkelten Flur überging. Die Einrichtung war geschmackvoll und heimelig zugleich. Doch seine Aufmerksamkeit wurde fast vollständig von ihrer schönen Rückfront in Anspruch genommen. Er war immer mehr der Meinung, daß sich ihre hautenge Lederhose auf eine betörende Weise um ihr üppiges, doch schönes Gesäß spannte und sie beim Gehen die Hüften auf eine besondere, durchaus kokette Weise wiegte. Oder kam es ihm in seiner überreizten Fantasie nur so vor?

Das Zimmer lag erfreulich nah bei der Wohnungstür, war hell und geräumig und schaute auf einen ruhigen, teilweise mit Gras und Sträuchern bewachsenen Innenhof hinaus. Es war das mit Abstand beste Zimmer, das ihm bisher angeboten worden war. Nicht nur aufgrund dessen würde ihm die Entscheidung leicht fallen, es zu nehmen, vorausgesetzt, sie wollte ihn als Untermieter.

Seine Aufmerksamkeit war derart auf ihre Erscheinung und das Zimmer konzentriert, daß ihm entging, wie sie ihn nicht weniger aufmerksam und mit sichtlicher Zufriedenheit musterte.

»Wenn Sie möchten, können Sie sofort einziehen«, erklärte

sie, als sei es bereits beschlossene Sache, daß er das Zimmer nahm.

Daß es so schnell gehen würde, hätte er nicht gedacht und sein Herz machte einen Freudensprung.

»Das wäre mir recht«, beeilte er sich daher zu versichern.

»Gut.« Sie wirkte sehr zufrieden.

Er verabschiedete sich artig.

Nachdenklich ging er die Treppen hinunter. Erst jetzt wunderte ihn, daß es derart reibungslos verlaufen war und er letztlich nicht wirklich gefragt worden war, ob er das Zimmer überhaupt wollte. Im Grunde hatte sie ihn als Mieter bestimmt. Aber das störte ihn nicht im geringsten. Sie entsprach weitgehend dem Typ mittelalter schöner und betörender Frau aus seinen Fantasien, die in der letzten Zeit immer aufdringlicher wurden, je mehr ihn der Streß des Studiums mitnahm. In ihnen konnte er sich fallen lassen, alle Verantwortung für sich an diese reife Schönheit abgeben, mußte nicht ans Morgen, an die nächsten Prüfungen und Seminararbeiten denken, sondern es gab nur ein Hier und Jetzt. Er konnte sich an ihrem Wohlbefinden, ihrer Lust, die er ihr durch seine kundigen Dienste verschaffte – meist sexuelle, darin schien sie ›unersättlich‹, wobei es ihm keinerlei Schwierigkeiten bereitete, diese zu bedienen, da er nur bei einer Frau wie ihr konnte, weil sie mit seinem übersteigerten Geschlechtstrieb problemlos zurechtkam, als Pubertierender hatte er in einem alten, pseudomedizinischem Buch, die schwärzesten von Moral nur so triefenden Beschreibungen darüber gelesen und sich sogleich gewünscht, daß er darunter ›litt‹ und auf eine Frau mit dem gleichen ›Gebrechen‹ traf und wie sie sich gemeinsam Linderung verschafften – und am Gefühl von Geborgenheit weiden, das sie ihm mit ihrer Strenge vermittelte. War es erforderlich, brachte sie ihn auf den rechten Weg zurück, wobei sie nicht unbedingt zimperlich in der Wahl ihrer Mittel war. Diese ›Strafen‹ bereiteten ihm Genuß, zeigten sie ihm doch, wieviel ihr an ihm lag, daß sie sich die Mühe machte, ihn zu ›erziehen‹. Zudem war sie stets damenhaft verführerisch gekleidet, meist in hautengem schickem Leder, zu überwiegend hochhackigen knie- oder schritthohen Stiefeln. Manchmal fragte er sich, ob seine Mutter daran ›schuld‹ war, daß er sich von eleganten Frauen, unabhängig vom Alter, besonders angezogen fühlte, denn er kannte nur wenige Frauen, die soviel chic wie sie besaßen. Mit Sicherheit projizierte er auf diese idealen Frauen auch die starke Libido seiner Mutter, die er von ihr ›geerbt‹ hatte, ganz so abwegig war es bei ihm mit dem ›übersteigerten Geschlechtstrieb‹ also nicht.

Ihm war durchaus bewußt, daß es etwas Zweischneidiges besaß, wohnte er bei einer Frau zur Untermiete, die auf fast ideale Weise dem Typ entsprach, der seine Fantasien beherrschte. Er machte sich allerdings keine Illusionen, daß von seiner Seite kaum mehr als stille Bewunderung möglich war und nicht allein aufgrund des Altersunterschieds. Sie würde sich wohl kaum mit einem jungen Mann einlassen, der zugleich ihr Untermieter war. Doch allein die Gelegenheit regelmäßig eine Frau wie sie zu sehen, sich mit ihr zu unterhalten, war für ihn erstrebenswert genug. Er war in seinem Wesen nicht zuletzt auch Bewunderer; ein solcher kann seinen Genuß allein aus der reinen Betrachtung schöner Dinge ziehen, ohne dabei das Bedürfnis zu verspüren, diese auch besitzen zu wollen, im Gegenteil, Besitz verpflichtet, was die Bewunderung um ihrerselbst willen trübt.

Diese Überlegungen führten ihn zu der Überzeugung, daß es langsam Zeit wurde, wieder ausgiebig mit einer gleichaltrigen Frau zu vögeln, seine Beziehung mit Sophie lag bereits zu lange zurück, dann würden seine Sehnsüchte und Fantasien bezüglich schöner dominanter reifer Frauen, die zu sehr seiner Mutter ähnelten, schnell ihre beherrschende Stellung verlieren – zumindest glaubte er das.

Während seines Einzugs, bei dem ihm sein älterer Bruder half, hielt sich Elisabeth Mayer-Holtorff im Hintergrund. Sie ließ ihm Zeit, sich einzuleben. Obwohl sie ihm stets Frühstück bereitete und ihn gelegentlich einlud, mit zu Abend zu essen; sie begründete ihre Einladungen damit, daß sie gerne kochte – was stimmte – dabei immer zuviel zubereitete, er ihr lediglich einen Gefallen täte, teilte er es mit ihr. Er fühlte sich dennoch in keiner Weise von ihr ›bemuttert‹.

Er sah sie nie anders als mit perfektem Make-up, in schicken Lederhosen oder Lederröcken, dekolletierten Oberteilen und Blusen, zarten Nahtnylons und hochhackigen Schuhen, leider viel zu selten in Stiefeln. Bisweilen mußte er sich anstrengen, um sie nicht allzu aufdringlich zu betrachten, und hoffte, daß es ihr nicht auffiel. Aber nicht allein aufgrund ihrer Erscheinung genoß er ihre Gesellschaft, sie war nichtsdestoweniger eine charmante und belesene Gesprächspartnerin.

Die Frau in seinen üppig ausgeschmückten Fantasien nahm immer mehr Elisabeth Mayer-Holtorffs Züge an, was ihn erleichterte, mitunter ähnelten sie etwas zu sehr seiner Mutter. Stand er dagegen der realen Elisabeth Mayer-Holtorff gegenüber, erschien es ihm sofort als hoffnungslos wirklichkeitsfremd, daß sie sich ihm gegenüber auch nur im Ansatz so verhalten könnte, wie die Elisabeth Mayer-Holtorff aus seinen Masturbationsfantasien, wobei er zugleich starke Zweifel hegte, ob sich eine Frau wie sie einem jungen Mann wie ihm gegenüber so verhalten könnte.

Er hatte sich bereits eingelebt, als seine Wirtin ihn an einem Freitagnachmittag zu einem Glas Wein einlud. Selbstverständlich nahm er nur zu gerne an.

»In einer Stunde in meinem Wohnzimmer.« Sie sah ihn auf eine Weise lächelnd an, die ihn leicht irritierte.

Überhaupt sah sie ihn in der letzten Zeit auf eine Weise an, die er nicht deuten konnte. Wäre es nicht so abwegig – abwegig in seinen Augen, versteht sich! – würde er sagen, daß es der Blick einer ›Verführerin‹ war.

Er verbrachte die Stunde etwas ungeduldig. Er versuchte sich mit der Arbeit an einem Referat, das er Ende kommender Woche halten mußte, abzulenken, doch es gelang ihm nicht richtig, sich darauf zu konzentrieren. Immer wieder wanderte sein Blick gedankenverloren zum Fenster und die Freude, gleich die Gesellschaft seiner schönen Wirtin genießen zu können, ließ sein Herz schneller schlagen und seine Handflächen feucht werden. Es fühlte sich kaum anders an, wie seinerzeit vor seinem ersten Rendezvous mit dem Mädchen, in das er bis über beide Ohren verknallt gewesen war. Er traute sich nicht, auch nur eine Minute vor der vereinbarten Zeit zu erscheinen, sondern wartete brav bis zur letzten.

Sie erwartete ihn bereits mit zwei gefüllten Gläsern Wein auf dem niedrigen Couchtisch, der vor einer Sitzgruppe aus braunem Leder stand. Bei seinem Eintreten stand sie mit einer fließenden Bewegung auf.

Er hatte seine Gastgeberin noch nie dermaßen verführerisch erlebt, was etwas heißen wollte! Das ärmellose dekolletierte Oberteil war wie der enge, über die Knie reichende, seitlich hochgeschlitzten Rock aus fast stoffweichem weinroten Leder, hautfarbene Nahtnylons umhüllten ihre schönen Beine mit den muskulösen Schenkeln, den elegant geschwungenen und leicht strammen Waden, die ihre Fesseln dafür umso schmaler erscheinen ließen, die Absätze ihrer zehenfreien Schuhe aus feinem rotem Leder waren selbst für ihre Verhältnisse ungewöhnlich hoch, die dunkelrot lackierten Fußnägel schimmerten perlmutten durch den zarten Stoff ihrer Nylons.

Sie reichte ihm mit einem charmanten und spürbar zufriedenen Lächeln, daß sie bei ihm die beabsichtigte Wirkung erreicht hatte, woran sie nie ernstlich gezweifelt hatte, ein Glas und nahm das andere.

»Sie wohnen jetzt zwei Monate bei mir. Das sollten wir feiern.« Sie stieß mit ihm an.

Er war für einen Moment leicht irritiert. Waren tatsächlich schon zwei Monate vergangen?

Sie forderte ihn auf, auf der Couch Platz zu nehmen, während sie sich in einen der beiden Sessel setzte und die Beine damenhaft und zugleich kokett übereinanderschlug.

Er setzte sich leicht linkisch, wobei er fast etwas von seinem Wein verschüttet hätte.

Sie plauderte anfänglich mit ihm über Gott und die Welt und unternahm alles, damit er nicht anders konnte, als sie bewundernd zu betrachten, den Blick auf ihr Dekolleté, ihre zartbestrumpften Beine zu richten, ja sie regelrecht mit den Augen zu verschlingen. Die Ähnlichkeit, die sie im Augenblick, mit der Elisabeth Mayer-Holtorff aus seinen Masturbationsfantasien besaß, brachte ihn, verständlicherweise, etwas aus dem Konzept.

Doch sie verhielt sich, als sei sein Betragen das normalste von der Welt. Hin und wieder rieb sie die Waden leicht aneinander, wippte mit dem freien Fuß, damit er seine Blicke darauf lenkte. Hin und wieder fuhr sie sich mit der Zunge über die Lippen, bis sie feucht glänzten, was gleichfalls seine Wirkung nicht verfehlte, während sie über etwas scheinbar völlig Unerotisches redete.

Er war und blieb irritiert. Es gelang ihm nicht einmal, den gutschmeckenden, fruchtigen und erfrischenden Weißen zu genießen.

Doch allzu lange, auch wenn es ihm länger erschien, ließ sie ihn nicht im unklaren über den Anlaß ihrer Einladung. Fast ohne Übergang machte sie ihm einen Vorschlag.

»Ich erlasse Ihnen die Miete für das Zimmer, wenn Sie sich bereit erklären, mir bisweilen für wenige Stunden unter der Woche zu Diensten zu sein. Während dieser Zeit, die von mir festgelegt wird, haben Sie sich mir bedingungslos unterzuordnen und ALLE meine Anweisungen ohne Zögern zu befolgen. Selbstverständlich steht es Ihnen frei, Ihre Entscheidung jederzeit zu widerrufen. Ihnen muß aber bewußt sein, daß Ihr Widerruf endgültig ist. Sie können sich hinterher nicht wieder anders entscheiden, denn ich verabscheue wankelmütige Menschen. Auch werden wir kein Wort mehr über das verlieren, das sich während dieser Zeit zwischen uns abgespielt hat. Es ist, als hätte es nie stattgefunden. Natürlich steht es Ihnen frei, weiter hier wohnen zu bleiben. Nichts läge mir ferner, einen derart angenehmen Mieter wie Sie es sind, aus einem nichtigen Grund vor die Tür zu setzen. Überlegen Sie sich meinen Vorschlag gut. Ich verspreche Ihnen, es wird nicht zu Ihrem Schaden sein. Sollten Sie nicht darauf eingehen wollen, aus welchen Gründen auch immer, die mich aber nicht interessieren werden, darum ersparen Sie mir und ebenso sich jede Begründung, betrachten Sie meinen Vorschlag als unausgesprochen.«

Sie hatte mit Nachdruck und auffallend feierlichem Ernst gesprochen, ihm dabei nicht einen Moment die Möglichkeit gegeben, etwas darauf zu erwidern, unabhängig davon, daß er auch gar nicht gewußt hätte, was er vorbringen sollte.

Er drehte geistesabwesend das Glas zwischen den Fingern. Er wich ihrem Blick aus, sah dabei unwillkürlich auf ihre Beine. Er versuchte sich vorzustellen, was ihr Angebot beinhaltete, kam aber zu keinem brauchbaren Ergebnis. Er wußte nur, daß es kaum darum ging, ihr im Haushalt zu helfen, gelegentlich ein Regal aufzuhängen oder etwas Vergleichbares. Und es ging sicherlich auch um mehr, als um gelegentlichen Sex mit ihr, trotz seiner Jugend war er erfahren genug, um zu bemerken, wann eine Frau an ihm sexuell interessiert war. Im Prinzip scheiterte sein Vorstellungsvermögen daran, daß er sich nicht traute, kühner in seinen Überlegungen zu sein.

»Sie brauchen sich nicht sofort zu entscheiden«, beruhigte sie ihn. »Ich kann mir gut vorstellen, daß mein Vorschlag etwas überraschend für Sie kommt.« Täuschte er sich oder schwang leichte Ironie darin mit? Hatte sie ihn womöglich längst durchschaut? Es würde ihn nicht wundern.

Er nickte nur und sah sie wieder an. Sie lächelte ihn aufmunternd und auch leicht amüsiert an.

»Wenn Sie für heute abend nichts vorhaben, würden Sie mir eine Freude machen, wieder einmal mit mir zu essen«, wechselte sie abrupt das Thema.

Er nahm auch diese Einladung nur zu gerne an. Sie erhob sich und gab ihm damit unmißverständlich zu verstehen, daß ihr Gespräch beendet war.

Beim Essen erwähnte sie ihren Vorschlag mit keinem Wort und fast war es ihm, als hätte sie ihn nie vorgebracht, unternahm aber zugleich alles, um seine Entscheidung in ihrem Sinn zu beeinflussen.

Die Nacht träumte er lebhaft von ihr, was ihm nur zu bewußt machte, wie sehr er sie längst begehrte. Zum ersten Mal vögelte sie dabei mit ihm und er erwachte mit einer starken Erektion, worauf er ausgiebig mit ihrem Bild vor Augen onanierte, um wieder entspannt einschlafen zu können.

Als er am Vormittag erwachte, am Wochenende stand er gerne später auf, stand für ihn fest, daß er ihren Vorschlag annahm. Zugleich hegte er den Verdacht, daß er nie eine Wahl hatte, schließlich gehörte sie zu den Frauen, die in der Regel bekommen, was sie wollen. Nach einer kurzen Dusche und nachdem er sich angezogen hatte, ging er in die Küche, um sich einen Tee zu kochen.

Kaum war das Teewasser fertig, betrat Elisabeth Mayer-Holtorff die Küche in einem blauem, langärmligen Lederkleid, das sich um ihre weiblichen Formen auf eine Weise schmiegte, die ihm beinahe einen sehnsüchtigen Seufzer entlockt hätte. Es gelang ihm nur unzureichend, seine Gefühle zu verbergen, was sie mit einem zufriedenen Lächeln registrierte. Es erschien ihr fast zu leicht, die beabsichtige Wirkung bei ihm zu erreichen.

Mit einem leichten Kratzen im Hals und leicht stotternd wie ein Pubertierender, der nicht so recht wußte, wie er sich einer erwachsenen Frau gegenüber verhalten sollte, was sie aber geflissentlich überging, sagte er, daß er ihren Vorschlag annehme.

»Gut«, meinte sie, als hätte sie nichts anderes von ihm erwartet. »Ich werde bei Gelegenheit darauf zurückkommen.«

Damit war für sie das Thema bereits wieder erledigt. Sie bat ihn, sie zu entschuldigen, da sie noch zu arbeiten hätte, wünschte ihm einen schönen Samstag und ließ ihn in mindestens ebensolcher Verwirrung zurück wie gestern Abend.

Da offenkundig alle Kommilitonen, mit denen er freundschaftliche Kontakte pflegte, an diesem Wochenende entschlossen zu sein schienen, sich dem jeweiligen Partner zu widmen und er zurzeit der einzige Single war, würde er wohl die meiste Zeit mit sich allein verbringen müssen. Vielleicht war das auch gar nicht so schlecht, so konnte er in Ruhe an seinem Referat weiterarbeiten und wäre deutlich vor der Zeit damit fertig und nicht erst kurz vor dem Abgabetermin wie üblich.

Gegen Mittag hörte er die Wohnungstür ins Schloß fallen und die ihm längst vertrauten Schritte Elisabeth Mayer-Holtorffs die Treppen hinuntergehen. Danach war es still in diesem ohnehin meist ruhigen Haus. Ihm gelang es, sich ganz auf seine Arbeit zu konzentrieren. Daher bekam er nur beiläufig mit, wie seine Wirtin am frühen Nachmittag zurückkehrte.

Als es einige Zeit später an seiner Tür klopfte, schrak er richtiggehend zusammen, derart versunken war er in seiner Arbeit, er schien sogar vergessen zu haben, daß er den sonderbaren

Vorschlag seiner schönen Wirtin angenommen hatte. Ihm erschien das Klopfen energischer und entschlossener als gewöhnlich.

Bevor er »Herein« sagen konnte, wurde die Tür geöffnet. Ihre Mimik wirkte streng, obwohl ihr Lächeln freundlich war. »Ich erwartete dich in einer halben Stunde in meinem Arbeitszimmer«, sagte sie und schloß die Tür wieder, ohne seine Antwort abzuwarten.

Der Befehlston war unüberhörbar und sie hatte ihn zum ersten Mal geduzt. Ihm klopfte das Herz bis zum Hals und erstmalig kamen ihm Zweifel, ob seine Zusage wirklich so sinnvoll gewesen war. Im selben Moment tadelte er sich aber, schließlich war ihm unbekannt, was sie von ihm wollte und ihr ›Befehlston‹ konnte auch nur in seiner Einbildung existieren.

Die folgende halbe Stunde jedoch wollte nicht verstreichen. So zügig wie er die letzten Stunden mit seinem Referat vorangekommen war, so schlecht gelang es ihm jetzt, sich darauf zu konzentrieren. Ja, er begann sogar unruhig wie ein Tiger im Käfig im Zimmer auf und abzulaufen.

Aber auch diese halbe Stunde ging vorüber und er mit leicht zitternden Knien und klopfendem Herzen zum Arbeitszimmer seiner Wirtin, das wie ihr Schlafzimmer am Ende des verwinkelten Flurs lag. Er hatte es erst zwei oder dreimal betreten. Es wurde von einem großen Schreibtisch mit einem bequemen, mit schwarzem Leder bezogenen Chefsessel dahinter und bis unter die Decke reichenden und mit Büchern und Ordner gefüllten Regalen beherrscht. Kein Teppich lag auf dem gepflegten Parkett.

Sie erwartete ihn bereits.

Zum ersten Mal seit er sie kannte, trug sie das Haar im Nacken zusammengebunden, was sie älter und vor allem strenger wirken ließ, wobei die Strenge besonders durch ihre Haltung entstand. Ihr Überbrustkorsett aus rotem Leder betonte ihre aufrechte Haltung, machte ihr Taille sichtbar schmaler und ihre Brüste zugleich üppiger, die fast schon aus dem Korsett auf durchaus ansprechende Weise hervorquollen. Der gleichfalls rote Lederrock reichte über die Knie, war eng und besaß vorne links einen Schlitz, der fast bis zum Schoß reichte.

Da sie das linke Bein leicht vorgestellt hatte, gab der Schlitz den Blick auf schritthohe hochhackige Stiefel aus schwarzem Leder und einen schmalen Streifen nackter Haut frei. Rote, oberarmlange Handschuhe aus fast stoffweichem Leder, denen anzusehen war, daß sie häufig getragen wurden, schmiegten sich wie eine zweite Haut um ihre schönen Hände und ihre Arme. Sie spielte gedankenverloren mit einer Reitgerte.

Ihm war, als sei die Elisabeth Mayer-Holtorff aus seinen kühnsten Träumen lebendig geworden. Er mußte zweimal hinsehen, damit er nicht das Gefühl bekam, einer Sinnestäuschung zu erliegen. Erfüllen sich – vermeintlich – kühne Träume, neigt man dazu, sie für eine Sinnestäuschung zu halten.

»Du bist pünktlich, das ist erfreulich«, meinte sie mit wohlwollender Zufriedenheit. »Während der Dauer unseres Beisammenseins, die ausschließlich von mir festgelegt wird, es sei denn, du entscheidest dich, vorzeitig unsere Vereinbarung aufzukündigen, was, wie ich dir bereits sagte, für immer sein wird, wirst du mich mit ›Madame‹ anreden.«

Seine Blicke wanderten weiterhin leicht verwirrt umher, daher entging ihm, daß sie eine Antwort von ihm erwartete.

»Haben wir uns verstanden?« Sie schaute ihn durchdringend an, ihr Tonfall wurde schärfer.

Ihm wurde unbehaglich unter ihrem Blick, was ihm zugleich ein wohlig elektrisierendes Gefühl bereitete.

»Ja«, beeilte er sich zu versichern. Seine Stimme besaß einen leicht krächzenden Beiklang.

»Ja? Und weiter? Wie heißt das?«

Er wurde unter ihren strengen Worten auf eine wohlige Weise noch etwas kleiner.

»Ja, Madame«, sagte er mit gesenktem Blick aber etwas festerer Stimme, während er auf die Spitzen ihrer Stiefel sah. Ihm fiel auf, daß ihre Stiefel zwar gepflegt waren, aber wie die langen Handschuhe unübersehbar häufig getragen wurden.

»Siehst du. Es geht doch. Wir werden das trotzdem üben, damit es dir wie selbstverständlich über die Lippen geht.«

Sie drehte die Gerte leicht zwischen den Fingern und ging langsam um ihn herum, wobei sie jeden Schritt mit Bedacht tat.

»Du könntest aufrechter stehen«, bemerkte sie fast wie beiläufig.

Er straffte augenblicklich seine Haltung, ließ aber den Blick immer noch zu Boden gerichtet.

»Ja, Madame«, erwiderte er und spürte, wie es ihm Freude bereitete, sie mit ›Madame‹ anzureden.

Sie stand wieder vor ihm.

»Sieh mich an, wenn ich mit dir spreche!« Sie drückte ihm die Spitze der Gerte leicht unters Kinn.

»Ja, Madame«, sagte er und hob den Blick.

Sie lächelte ihn zufrieden an, trat einen Schritt zurück und spielte wieder leicht gedankenverloren mit der Gerte.

»Ich sehe, wir verstehen uns. Du bist folgsam, wie mir scheint. Aber ich würde gerne sehen, was ich mir mit dir eingehandelt habe. Ziehe dich aus!«

Er zuckte zusammen und sah sie erstaunt an. Obwohl ihre Aufforderung nur folgerichtig war und ihn nicht überraschen dürfte, wußte er nicht, wie er sich verhalten sollte.

»Was ist? Wünschst du eine schriftliche Einladung? Ich meine, daß ich mich verständlich genug ausgedrückt habe. Ich will sehen, wie dein Körper gebaut ist, vor allem unten herum. Euch Männer interessiert ja auch, wie eine Frau nackt aussieht, insbesondere wenn sie jung ist, selbst wenn ihr reifen Frauen den Vorzug gebt.«

Ihr Tonfall war fordernd und die Art, wie sie mit der Gerte spielte, besaß etwas Bedrohliches. Er zweifelte nicht daran, daß sie sie benutzte, wenn sie der Meinung war, daß es sinnvoll war. Und er hatte Angst davor, damit geschlagen zu werden, wünschte sich aber zugleich, daß sie es tat.

»Ja, Madame«, stotterte er.

»Was, du brauchst eine schriftliche Einladung«, verstand sie ihn absichtlich miß, drohte ihm spielerisch mit der Gerte, drückte sie ihm gegen die Brust, was ihn leicht schmerzte.

»Nein, Madame«, stotterte er erneut.

»Das will ich dir auch geraten haben. Nun ziehe dich endlich aus! Meine Geduld ist begrenzt!«

Er seufzte leise, überwand seine Scham, sich vor ihr nackt zu zeigen, obwohl er in einem Traum vergangene Nacht noch hemmungslos mit ihr gevögelt und dabei mindestens viermal in ihr abgespritzt hatte, und zog sich langsam aus, was vor allem seinen fahrigen Bewegungen geschuldet war. Dabei wich er erneut ihrem Blick aus, weil er fürchtete, daß sie ihm ansah, wie sehr er sich sexuell von ihr angezogen fühlte.

Sie betrachtete ihn mehr als aufmerksam und sichtlich amüsiert und noch mehr zufrieden. Das lief ja besser, als sie gedacht hatte. Sie fragte sich, warum sie ihm diesen Vorschlag nicht schon früher gemacht hatte.

Als er nackt vor ihr stand, seine abgelegten Sachen lagen auf dem Boden, schwoll sein Schwanz zur vollen Größe an, jeder Versuch, es zu verhindern, forcierte es nur. Es war ihm peinlich, aber diese Peinlichkeit erregte ihn erst recht, was ihm eine Erektion bescherte, die ihm so heftig erschien, wie schon lange nicht mehr und ihn sogar leicht schmerzte.

Weil er derart mit sich selbst beschäftigt war, entging ihm, daß sie seinen schönen dicken und geraden Schwanz mit leuchtenden Augen betrachtete. Die sichtbare Wölbung in seinen engen Jeans war zwar vielversprechend gewesen, aber das übertraf ihre Annahme doch spürbar. Er besaß die richtige Größe, Dicke und Länge, um sich angenehm anzufühlen, ganz gleich mit welcher Körperöffnung eine Frau ihn aufnahm.

Sie spürte, wie sie bei dieser Vorstellung feucht wurde, was sie zu diesem frühen Zeitpunkt nicht beabsichtigt hatte. Es war unübersehbar, daß es ihm gefiel, sich in seiner Scham vor einer Frau zu entblößen, um sich von ihr ›demütigen‹ zu lassen. Sie hatte ihn vom ersten Moment an richtig eingeschätzt.

»Schön, schön«, sagte sie und bemühte sich um einen festen Klang ihrer Stimme, was ihr durch langjährige Erfahrung problemlos gelang.

Erneut schritt sie langsam um ihn herum.

Sein Po war fest und knackig. Sie mußte sich beherrschen, um nicht mit beiden Händen zuzupacken. Stattdessen schlug sie ihm leicht, aber laut klatschend kurz nacheinander mehrmals auf beide Pobacken. Er zuckte zusammen, mehr aus Überraschung als vor Schmerz, obwohl es ihm nichts ausmachen würde, würde sie ihn tatsächlich kräftig schlagen.

Sie zog die Linie seiner Wirbel leicht mit der Spitze der Gerte nach, was ihn geradezu elektrisierte und ihm durch den Körper von den Zehen bis in die Haarspitzen fuhr.

»Gut, gut«, bemerkte sie mit sichtlicher Zufriedenheit.

Sie berührte seinen Körper während ihrer Musterung ausschließlich mit der Spitze ihrer Gerte, obwohl sie ihn viel lieber mit den Händen berührt hätte, aber sie fürchtete, daß sie sich dann nicht mehr beherrschen könnte und über ihn herfallen, wobei er das sicherlich mehr als sie genießen würde. Ihm tat jede ihrer Berührungen auf besondere Weise gut.

»Du hast einen schönen männlichen Körper«, bemerkte sie voller Zufriedenheit als sie wieder vor ihm stand und sah, daß seine Erektion um keinen Deut nachgelassen hatte. »Du hast wenig von dem bisweilen Schlaksigen, das jungen Männern deines Alters oft noch eigen ist. Du hast einen knackigen Po, einen schönen dicken Schwanz und pralle Eier, aber das werden dir sicherlich schon einige Frauen gesagt haben.«

Ihrem Tonfall nach hätte sie ebensogut einen Zuchthengst auf dem Viehmarkt taxieren können. Wie herrlich war es doch, von einer derart faszinierenden Frau auf die Qualitäten eines Deckhengstes reduziert zu werden. Er liebte es, für eine Frau Sexobjekt zu sein. Im Grunde gefiel es ihm schon immer, wenn Frauen in erster Linie das in ihm sahen. Sex genoß er nur wirklich, wenn seine Partnerin in ihm vorrangig den Erfüller ihrer Lust sah, dann hatte er auch die heftigsten Orgasmen. Interessanterweise hatten seine bisherigen Freundinnen ihn immer auch unter diesem Gesichtspunkt betrachtet.

Als sie seinen Schwanz mit der Gerte berührte, stockte ihm kurz der Atem.

»Mit deinem Gehänge, das einem edlen Zuchthengst zur Ehre gereichen würde, hast du sicherlich schon viele Frauen glücklich gemacht«, meinte sie mit einem lüsternen Grinsen, das ihn leicht erröten ließ.

»Ach, und schüchtern ist er auch noch«, meinte sie belustigt. »Schüchtern und schamhaft wie eine Jungfrau.«

Er versuchte Haltung zu bewahren, was aber damit endete, daß er noch verlegener wurde.

»Aber du bist bestimmt keine Jungfrau mehr. Im Gegenteil hast du sicherlich schon einige rossige Stuten zu deren Zufriedenheit gedeckt und recht früh damit begonnen. Du erscheinst mir wie jemand, der sehr gerne Sex hat. Ja, du gehörst zu den Männern, von denen sich eine Frau gerne besteigen läßt. Sicherlich onanierst du auch oft.«

Er errötete erneut, denn er dachte daran, wie sie seit längerem seine Masturbationsfantasien dominierte.

»Dabei denkst du selbstredend an mich, wie ich an deinem schamvollen Erröten sehe. Nun, das überrascht mich nicht, so wie du mich seit dem ersten Tag unserer Begegnung ansiehst. Aber es gefällt mir, daß ich deine Wichsvorlage bin. Man(n) sollte beim Wichsen immer an eine reale Frau denken, das ist besser als an irgendeine fiktive, ein Ideal, sonst gewöhnst du dich an ideale Frauen. Bei einer realen Frau dagegen ist immer die Möglichkeit gegeben, daß es nicht bei der Fantasie bleibt. Nicht wahr, mein Junge?«

»Ja, Madame«, antwortete er mit trockenem Hals.

»So, und jetzt höre auf damit, daß es dir peinlich ist, mir mit einem kapitalen Ständer unter die Augen zu treten. Das Gegenteil müßte dir peinlich sein, denn einer Frau wie mir mit einem schlaffen Etwas unter die Augen zu treten, ist eine Beleidigung ihrer sexuellen Anziehungskraft. Wage es in Zukunft nie, mir mit schlaffem Schwanz unter die Augen zu treten, denn dann muß ich denken, daß du mich sexuell nicht mehr reizvoll findest.«

»Ja, Madame. Ich werde es beherzigen«, sagte er, während er noch immer schamvoll zu Boden sah.

Sie legte die Gerte auf den Schreibtisch, trat vor ihn und wog zärtlich seine Hoden in ihrer lederbehandschuhten Rechten.

»Jeder Zuchthengst wäre stolz auf ein solches Gehänge. Weißt du, daß der Mensch von allen Primaten die größten Genitalien besitzt und nicht nur im Verhältnis zu seiner Körpergröße? Daß der Penis eines Gorillas sich im Vergleich zu dem eines durchschnittlichen Mannes, bescheiden ausnimmt, er normalerweise kaum zu sehen ist? Während der eines Menschen immer auffällig ist und sich ohne Hilfsmittel nicht verstecken läßt.«

»Nein, Madame, das wußte ich nicht.« Jedenfalls konnte er sich nicht erinnern, daß es jemals im Biologieunterricht zur Sprache gekommen war.

»Das braucht dir nicht peinlich zu sein, das wissen die wenigsten. Auch daß Frauen die einzigen Primatenweibchen sind, deren Brüste auch außerhalb der Stillzeiten vollentwickelt und deren Größe nicht vom Drüsen-, sondern vom Fettgewebe abhängig sind.«

»Auch das wußte ich nicht, Madame.«

»Ja, der Mensch weiß oft nicht zu schätzen, wie sehr ihn die Evolution im Sexuellen bevorzugt hat«, sagte sie mit einer Haltung, die ausdrückte, daß jeder selbst schuld sei, wenn er das nicht zu würdigen wußte.

Wie um ihre Aussage zu unterstreichen, berührte sie seinen Schwanz mit ihren lederbehandschuhten Händen. Zärtlich strich sie darüber, schob ihm sanft die Vorhaut zurück und verteilte das natürliche Gleitmittel, das aus der Eichel quoll, mit dem rechten Zeigefinger über diese. Jede ihrer Berührungen durchfuhr ihn warm und intensiv. Jedesmal glaubte er, daß ihm dabei der Atem stockte. Obwohl er diese faszinierende Frau vom ersten Tag an bewundert hatte, so hätte er selbst in seinen kühnsten Tagträumen nicht gewagt, sich vorzustellen, wie es wäre, würde sie ihn auf diese Weise berühren. Er fühlte, wie sein Körper übererregt wurde. Ihm stockte zeitweise der Atem, sein Herz schlug schneller, die Knie wurden ihm weich. Er spürte, daß ihm die Kontrolle über seine Körperfunktionen langsam entglitt.

Ihre Liebkosungen waren zärtlich und mehr ein Kompliment für die Bewunderung, die er ihr entgegenbrachte, doch das Ergebnis war dasselbe, als hätte sie dabei nichts anderes im Sinn gehabt, als ihn möglichst schnell zum Orgasmus zu bringen; er ejakulierte bereits nach kurzer Zeit und heftig über ihren Lederrock auf der Höhe ihrer Scham.

Wer von ihnen darüber mehr überrascht war, würde sich wohl nie klären lassen.

So sehr er diesen unerwarteten Orgasmus auch genoß, so sehr schämte er sich im selben Moment über seine offenkundig mangelnde Körperbeherrschung. Neu war es für ihn zwar nicht, es passierte ihm meist, wenn er das erste Mal mit einer Frau zusammen war, die er sehr begehrte und sie seinen Schwanz bevorzugt mit Lederhandschuhen in die Hand nahm. Zum Glück hatten es bisher alle richtig als ein Kompliment gedeutet.

Im Augenblick jedoch war ihm um einiges peinlicher zumute als jemals zuvor, denn gegenüber einer Frau wie ihr sollte er seinen Körper besser unter Kontrolle haben. Sie sah seine Verlegenheit, durch die er für sie zu einem großen Jungen wurde. Sie legte ihm die Rechte unters Kinn und zwang ihn sanft aber bestimmt, den Blick zu heben und sie anzusehen.

Es fiel ihm nicht leicht, ihr in die Augen zu sehen. Ihr nachsichtiges, verständnisvolles Lächeln durchströmte ihn warm.

»Du brauchst dich in keiner Weise deiner Reaktion zu schämen. Im Gegenteil, ich empfinde es als die schönste Erwiderung, die du mir auf mein Streicheln deines wunderschönen, dicken und geraden Schwanzes geben konntest, mein Kleiner. Ich weiß schon lange, wie sehr du mich bewunderst und begehrst. Mir ist keiner deiner zahllosen meist verstohlenen Blicke entgangen, die du mir immer wieder zugeworfen hast. Und jeder davon hat mir gefallen. Schließlich ist es ein großes Kompliment, wenn eine Frau meines Alters von einem halb so alten Mann begehrlich bewundernde Blicke zugeworfen bekommt. Es gab Moment, da hatte ich den Eindruck, daß du von deiner stillen Bewunderung zu einer offenen Annäherung übergehen würdest. Du mir unmißverständlich zu verstehen geben würdest, wie gerne du mit deinem schönen dicken Schwanz in mein für dich bereitwilliges Geschlecht eindringen und in mir abspritzen würdest. Ich liebe es, wenn ein Mann mir sein Sperma tief in die Möse spritzt. Leider waren es nur Eindrücke«, an dieser Stelle mußte sie einen leisen Seufzer unterdrücken, und fuhr nach einer kurzen Pause fort: »Ich hätte dich für forscher gehalten. Aber wenn der Prophet nicht zum Berg kommt, muß der Berg halt zum Propheten. Darum machte ich dir dieses Angebot, denn ich hatte auch vom ersten Moment an Lust auf dich, mein Kleiner. Ich bevorzuge junge Männer und ich liebe es, liegen sie mir bereitwillig zu Füßen.«

Sie sah, wie langsam die Verlegenheit aus seinem Blick wich und die Bewunderung zurückkehrte. Er war tatsächlich einige Mal versucht gewesen, offen mit ihr zu flirten, aber dann hatte er das Vorhaben wieder fallengelassen, denn er fragte sich, was eine so schöne und erfahrene Frau mit einem jungen Mann wie ihn wollte.

»So, mein Kleiner, du gehst jetzt aus dem Bad die Schachtel mit den Kosmetiktüchern holen und wischst dein Sperma von meinem Lederrock und besonders das, das langsam auf den Boden tropft. Dann erwartet dich eine kleine ›Strafe‹, denn das Sperma hättest du in meine Möse spritzen sollen. Auch wenn ich es im Prinzip mag, daß du es über meinen Lederrock verspritzt. Aber du hast es ohne meine ausdrückliche Erlaubnis gemacht. In Zukunft wirst du nur noch abspritzen, wenn ich es dir erlaube, zugleich werde ich dir auch sagen, ob du in oder über meinen Körper oder über meiner Kleidung oder über oder in meinen Schuhen oder meinen Stiefeln dein Sperma vergießen darfst.« Sie warf einen Seitenblick zu der Gerte hin und er glaubte sie bereits auf seinem nackten Hintern zu spüren, was er kaum erwarten konnte.

Sie erriet seine Gedanken und schmunzelte.

»Nachdem du deine verdiente Strafe erhalten hast, werden wir deine Körperbeherrschung üben. Deshalb bringst du auch die Tube Gleitcreme mit, die rechts oben im Schränkchen über dem Waschbecken liegt.«

Sie ließ sein Kinn los. Er nickte und befolgte ihre Anweisungen.

Sie blickte auf seinen knackigen Po, während er dienstbeflissen ihr Arbeitszimmer verließ. Sie atmete tief durch. Hoffentlich war ihm nicht aufgefallen, wie naß sie mittlerweile geworden war. Hätte sie vorhin der Versuchung nachgegeben und sein bestes Stück in den Mund genommen, wäre er in ihren Mund statt über ihren Lederrock gekommen. Aber eine

Domse nimmt nicht einfach so den Schwanz ihres ›Sklaven‹ in den Mund, zumindest nicht so schnell. Manchmal ärgerte sie sich, daß sie diesem Dogma immer noch nachhing. Dabei liebte sie es, einen Schwanz mit Lippe und Zunge zu liebkosen und so tief als möglich in den Mund zu nehmen und sein bestes Stück lud geradezu dazu ein. Wie gerne hatte sie schon als Pubertierende Sperma geschluckt. Aber das war eine andere Geschichte.

Seine Rückkehr riß sie aus seinen Gedanken. Leicht unschlüssig hielt er die angebrochene Schachtel mit den Kosmetiktüchern und die Tube mit der Gleitcreme in der Hand und schaute auf ihren Lederrock, auf dem sein Sperma dabei war, auf den Boden zu tropfen. Der Anblick erregte ihn erneut und beflügelte seine Fantasie.

»Auf was wartest du denn noch«, herrschte sie ihn streng aber auch belustigt an, denn sie konnte sich vorstellen, an was er dachte.

»Auf nichts, Madame«, stotterte er und überstürzte sich fast dabei, ihr den Lederrock mit den Kosmetiktüchern sauber und das bereits auf den Boden getropfte aufzuwischen. Dann sah er sich suchend um, die benutzten Tücher in der Hand.

»Gib her«, hielt sie ihm die geöffnete Rechte hin.

Er legte ihr die zusammengeknüllten Papiertücher in die Hand. Sie nahm sie lächelnd entgegen, schloß die Hand darum mit einem genießerischen Lächeln um die Mundwinkel und warf sie in den Abfalleimer neben dem Schreibtisch. Ihr Lederhandschuh war auf der Innenseite feucht geworden. Ein elektrisierendes Gefühl durchfuhr ihn; er wußte, was das Leder hatte feucht werden lassen und vor allem erkannte er, um wieviel lieber es ihr wäre, hätte er sein Sperma über ihre Lederhandschuhe ergossen. Er begann zu ahnen, welche Ursache die leicht dunklen Stellen auf der Innenfläche ihrer Handschuhe hatten, worauf er sich nichts sehnlicher wünschte, ihre Hand erneut am Schwanz zu spüren und sich darüber zu ergießen.

»Obwohl du wenig für deine Reaktion kannst, bekommst du jetzt deine Strafe. Auf alle viere!«

»Ja, Madame.« Er nahm augenblicklich die geforderte Haltung ein und streckte ihr dabei halb unbewußt, den Hintern einladend entgegen.

»Deinen Schließmuskel werde ich auch noch ausgiebig trainieren«, sagte sie so leise zu sich selbst, daß er es nicht hörte. »Nun denn«, fuhr sie lauter fort und nahm die Gerte vom Schreibtisch.

Bereits als er diese durch die Luft sausen hörte, wünschte er sich nichts sehnsüchtiger, als daß es schön angenehm schmerzhaft sein würde und es eine Auszeichnung war, von einer Frau wie ihr ›bestraft‹ zu werden.

Jeder ihrer Schläge war fest, wenn auch nicht zu schmerzhaft, schließlich hatte sie einen Neuling vor sich, der wahrscheinlich das erste Mal von einer Frau aus sexuellen Gründen geschlagen wurde und von dem sie nicht wußte, ob er Schmerz um seinerselbst willen genießen konnte. Er genoß den Schmerz und spürte, wie seine Lust sich wieder steigerte, wobei es mehr die Situation als der Schmerz an sich war. Seine Schmerzensrufe waren mehr ein lustvolles Aufstöhnen.

»Wirst du dich in Zukunft beherrschen?« Ihr Tonfall sagte eindeutig das Gegenteil aus.

»Ja, Madame.« Er hoffte, daß ihn noch oft genug in ihrer Gegenwart die Beherrschung verlassen würde.

Die Gerte klatschte rhythmisch abwechselnd auf seine linke und seine rechte Pobacke. Es brannte wundervoll. Das zischende Geräusch, das die Gerte verursachte, während sie durch die Luft sauste, war Musik in seinen Ohren und das Klatschen erst recht!

»Wirst du nur noch abspritzen, wenn ich es dir ausdrücklich erlaube?«

»Ja, Madame.«

Was für ein Genuß würde es sein, kam er erst, nachdem sie es ihm erlaubt hatte!

»Bist du bereit, mir in ALLEM Folge zu leisten?«

»Ja, Madame«, erwiderte er mit lustvoll bebender Stimme.

Ja, er war bereit ALLES zu tun, was diese Frau von ihm verlangte. Es war einfach wundervoll, ihr zu Diensten zu sein. Hoffentlich befahl sie ihm auch, ihr die Füße zu küssen, die

Stiefel zu lecken, sich von ihr auf jede denkbare Weise ›benutzen‹ zu lassen. Er empfand es als das einzig Adäquate, einer Frau zu zeigen, wie sehr er sie begehrte, und er begehrte sie sehr. Zudem wußte er, daß sie in ihm Gefühle erwecken würde, die ihm bis dahin unbekannt waren, und die er sehr genießen würde.

Nein, zur Untermiete zu wohnen, war mit nichts anderem zu vergleichen, besonders bei einer Wirtin wie Elisabeth Mayer-Holtorff.

Die Doktorandin

1.

Arne drehte gedankenverloren den Bleistift zwischen den Fingern. Er konnte sich immer weniger dafür erwärmen, einen kurzen Artikel für Holgers Literaturportal zu schreiben. Auf seine Frage, an was er denn gedacht habe, hatte er freundlich aber mit Nachdruck geantwortet, daß ihm, Arne, schon das richtige einfiele, und sogleich das Thema gewechselt. Er konnte sich des Eindrucks nicht erwehren, daß er ihn wieder einmal wie so oft seit ihrer gemeinsamen Studienzeit bedenkenlos für die eigenen Zwecke eingespannt hatte. Das Portal dümpelte seit dem Start vor einem Jahr mit einer Handvoll täglichen Besuchern vor sich hin. Inhaltlich bot es durchaus einige interessante Beiträge, überwiegend von ehemaligen Kommilitonen verfaßt, die er gleich ihm mit seinem besonderen Charme ›überfahren‹ hatte und die sich ›der alten Zeiten wegen‹ – sein Trumpf, zeigte jemand wenig Bereitschaft zur Mitarbeit – genötigt sahen, ihm den Gefallen zu erweisen. Weil aber keine wirkliche redaktionelle Betreuung stattfand, fehlte ein roter Faden. Arnes freundschaftlicher Hinweis, daß es bei der Vielzahl existierender Literaturseiten sinnvoll sei, ein unverwechselbares Profil aufzubauen, schmetterte er mit dem Hinweis ab, daß seine Seite sich an ALLE richte, die gerne lesen. Arne startete noch einen schwachen Versuch und wies den Freund darauf hin, daß ALLE nur mit einem kleinsten gemeinsamen Nenner zu erreichen seien, worauf er von ihm mit Verachtung, ob seiner intellektuellen ›Arroganz‹ gestraft wurde. Er tröstete sich damit, daß er den Artikel wenigstens während der Arbeitszeit schreiben konnte, denn natürlich konnte Holger kein Honorar zahlen.

Weil der Blick aus seinem Bürofenster in den mit angenehmer Nachlässigkeit gepflegten parkähnlichen Garten des aus
der Gründerzeit stammenden Geschäftshauses in dem seit
mehr als einem halben Jahrhundert die Bibliothek der Stiftung
Scharff untergebracht war, seine Inspiration auch nicht förder-
te, schaute er in den Lesesaal hinein.

Wer auf die Idee gekommen war sein kleines Büro bis auf die
Rückwand, die vollständig von einem bis unter die Decke reichenden Regal, in dem Verzeichnisse und Ordner standen, eingenommen wurde, ab einer Höhe von gut einem Meter bis unter die hohe Decke zu verglasen, konnte er nie in Erfahrung
bringen. Da es zudem erhöht war – drei Stufen führten hinauf
– ermöglichte es zwar einen ungehinderten Blick in den Lesesaal, aber jeder, der sich hier aufhielt, befand sich zugleich wie
auf einem Präsentierteller, weshalb es den Spitznamen ›Aquarium‹ führte. Vor der Wand gegenüber der Rückwand standen
niedrige Aktenschränke. Die Seite gegenüber dem großen Fenster beherbergte die Eingangstür. Ein alter schwerer Schreibtisch dessen Eichenholz nachgedunkelt und stumpf geworden
war und kaum jünger als das Haus sein konnte, mit einem relativ neuen Schreibtischstuhl dahinter und zwei Stühle, einer unter dem Fenster, der andere neben der Tür stehend, bildeten das
ganze Mobiliar. Auf der breiten Fensterbank lagen zwei geordnete Stapel Fachzeitschriften. Der Platz zwischen Regal und
Schreibtisch bot gerade genug Platz, um einigermaßen bequem
dahinter sitzen zu können. Wollte er etwas aus dem Regal holen, mußte er zuerst den Schreibtischstuhl beiseite schieben.
Mit mehr als drei Personen war das ›Aquarium‹ hoffnungslos
überfüllt. Trotzdem ließ es sich darin aushalten. Da es nach
Norden hinauslag, blieb es auch im Sommer bei großer Hitze,
begünstigt durch die dicken Außenmauern, erträglich. Der
Ausblick in den großen parkähnlichen Garten entschädigte für
die Enge des Büros. Nicht nur bei schönem Wetter ging er dort
gerne spazieren.

Im niedrigen Souterrain, dessen Fußboden etwa einen Meter
unterhalb der Straße lag, waren einst die Bürodiener untergebracht gewesen und wurde die Post vorsortiert, heute war dort

ein Aufenthaltsraum, eine kleine Küche, ein Kopierraum und eine Art Depot für alles und nichts untergebracht. Die Bibliothek erstreckte sich über die gesamten drei Etagen. Im Dachgeschoß, in dem es im Winter eiskalt und im Sommer unerträglich heiß werden konnte, wurden überwiegend ausrangierte Möbel und ähnliches gelagert, bei dem man sich noch nicht entschließen konnte, es über den Sperrmüll zu entsorgen und wo es langsam in Vergessenheit geriet.

Bibliothek und Haus waren eine Schenkung Hubertus Scharffs, eines Fabrikanten, der nach 1870 zu ansehnlichem Vermögen gelangt war und leidenschaftlich Bücher gesammelt hatte, leider gänzlich unsystematisch. Er beschloß im hohen Alter seine Bibliothek und das Gebäude, das vom Unternehmen *Scharff & Cie.* seit 1905 nicht mehr als Bürohaus genutzt wurde, da es zu klein geworden war, der Stadt zu übereignen. Es wurde gemunkelt, daß er so das Gebäude, das in einem beschaulichen Viertel lag, für das er keinen Käufer finden konnte, auf diese Weise bequem loswurde. Das Vermögen, das er der Stiftung für den Unterhalt und den Ausbau der Bibliothek mitgab, war derart üppig, daß diese Gerüchte schnell verstummten. So zusammengewürfelt die Bibliothek auf den ersten Blick auch sein mochte, sie beherbergte einige wertvolle Erstausgaben und interessante Handschriften. Leider sollte der Nimbus des Zusammengewürfelten sie nie verlassen, was auch daran lag, daß über die Jahre einige Honoratioren ihre wenig bedeutsamen Privatbibliotheken, wie auch verschiedene sich mit der Stadt verbunden fühlende aber weitgehend erfolglose Autoren der Bibliothek ihre Nachlässe vermachten, die woanders nicht angenommen worden waren. Unerfreulicherweise ließen es die Statuten der Stiftung nicht zu, vor der Übereignung wenigstens eine grobe Qualitätsprüfung durchzuführen. Scharff befürchtete, daß der Zeitgeist dabei zu sehr in den Vordergrund trat. Daher waren viele Nachlässe in den Verzeichnissen zwar als gesamtes aufgelistet aber nicht detailliert erfaßt und überwiegend im oberen Geschoß untergebracht, was bedauerlicherweise auch die wenigen qualitativ hochwertigen betraf, die sich hierhin verirrt hatten.

Im kleinen Lesesaal, der mehr ein freier Raum vor den Regalen war, hielten sich überwiegend Leute auf, die literarische Forschung aus Liebhaberei betrieben und gelegentlich auch Studenten oder Doktoranden. Selten hielten sich mehr als zwei Leute dort auf, oft auch niemand.

Arne hatte durch Zufall die Stelle des Bibliothekars bekommen, nachdem er sich während einiger Jahre mit allen möglichen Jobs durchgeschlagen hatte, von denen die wenigstens etwas mit Literatur zu tun hatten. Bis dahin kannte er die Bibliothek nur vom Hörensagen. Er bereute in keiner Weise, die Stelle angenommen zu haben. Er war faktisch sein eigener Herr und die Bezahlung war überdurchschnittlich gut, darauf hatte Scharff bestanden. Lediglich einmal im Jahr erschien jemand von der Stiftung und holte den Geschäftsbericht ab, den er verfassen mußte und der sich nur marginal vom letztjährigen unterschied und den vermutlich niemand las.

Er besaß lediglich eine Mitarbeiterin; Hildegard Werner, Mitte fünfzig, jedoch auf positive Weise scheinbar alterslos, weder attraktiv noch das Gegenteil aber auch nicht durchschnittlich, weder übertrieben schlank noch irgendwie mollig, weder groß noch klein, besaß weder einen auffallend üppigen Busen noch einen zierlichen. Sie hatte auch nichts von einer alten Jungfer oder etwas Verstaubtes an sich. Sie entsprach mit ihrer randlosen Brille, der strengen Frisur, stets dezent geschminkt und einer unauffälligen Art sich zu kleiden durchaus dem Klischee einer mittelalten Bibliothekarin, aber zugleich auch nicht, dafür war ihre Kleidung wiederum zu chic. Seit er hier arbeitete, war ihm nicht gelungen, sie richtig zu erfassen, weshalb er zu dem Schluß kam, daß es zwei Hildegard Werners gab, die, die mit ihm die Bibliothek betreute und die, die ein Leben außerhalb führte und beide hatten nur den Namen gemein.

Ihm schien es ohnehin, als sei sie schon immer hier gewesen, dabei hatte sie letzten Herbst erst ihren zehnten Jahrestag gefeiert. Sie hatte als Vertretung für ihre Vorgängerin begonnen, die in den Mutterschaftsurlaub gegangen war, sich aber so sehr mit ihrem Dasein als Mutter und Hausfrau angefreundet hatte, daß sie ihre Stelle nicht wieder antrat. Weil sich aber niemand fand, der sie übernehmen wollte, wahrscheinlich hatte der Vorstand lediglich ›vergessen‹ nach einer Nachfolgerin zu suchen, wurde aus ihrem befristeten Arbeitsverhältnis sang- und klanglos ein unbefristetes, wogegen sie allein aufgrund der überdurchschnittlichen Bezahlung nichts einzuwenden hatte. Sie saß an einem massiven Tisch im Lesesaal und betreute die Leser. Sie benötigte keine Verzeichnisse, warf auch nur selten einen Blick in den niedrigen Schrank hinter ihrem Schreibtisch, der hunderte von grünen Karteikarten enthielt, auf denen der Bestand teils handschriftlich, teils mit Schreibmaschine geschrieben aufgeführt war, der bis heute nicht EDV-gestützt erfaßt war. Suchte jemand ein bestimmtes Buch, antwortete sie, ohne lange zu überlegen beispielsweise: »Regal K-27, erster Stock«. Sie war freundlich aber unnahbar. Obwohl sie sich seit nunmehr vier Jahren täglich außer Samstag und Sonntag von morgens neun Uhr – die Bibliothek öffnete um zehn und schloß um siebzehn Uhr – bis nachmittags halb sechs sahen, siezten sie einander noch immer. Sie erzählte so gut wie nichts aus ihrem Privatleben, weshalb er selbst keinen Anlaß sah, aus seinem bescheidenen zu erzählen. Sie wußten beide voneinander nur, daß der andere unverheiratet war und keine Kinder hatte.

Von seinem Schreibtisch aus hatte er ihren gut im Blick. Was vermutlich von den Erbauern so gedacht war und der einzige Grund, mit dem er sich die umfassende Verglasung erklären konnte.

Er blickte bereits länger als eine viertel Stunde in den Lesesaal hinein und beobachtete, wie sie sich angeregt mit einer jungen Frau unterhielt, wahrscheinlich einer Studentin. Er hatte sie bereits dreimal lächeln sehen, was selten vorkam, weshalb er interessierter zu ihnen sah. Jemand, dem es gelang, seiner Kollegin sooft ein Lächeln abzuringen, verdiente prinzipiell Aufmerksamkeit. Was ihm zuerst an der bildhübschen etwas molligen jungen Frau auffiel, waren nicht ihre langen blauschwarzen Locken, die wirkten, als kämen sie nur sporadisch mit Kamm und Bürste in Kontakt, sondern ein außergewöhnlich üppiger Busen, betont durch einen engen beigen Pullover aus weichem Stoff. Der annähernd wadenlange weite

Rock war mit fröhlichen bunten Blumenmustern bedruckt, passend zum schönen Frühlingstag und weckte bei ihm Assoziationen an einen Strauß frischer Frühlingsblumen. Sie hielt eine braune Ledermappe mit beiden Händen vor dem Bauch. Über der rechten Schulter trug sie eine große schwarze ausgebeulte Ledertasche. Hin und wieder strich sie sich eine Locke aus der Stirn. Bis auf einen üppig auf ihre vollen, fast schon aufgeworfenen Lippen aufgetragenen tiefroten Lippenstift, der im Kontrast zu ihrer perlmuttweißen Haut und den schwarzen Haaren noch einmal so kräftig wirkte, schien sie kein Make-up aufgelegt zu haben, so weit er das aus einigen Metern Entfernung erkennen konnte. Sie wirkte auf ihn fröhlich und unbeschwert, wie jemand, der mit sich und seiner Umgebung im Einklang lebte. Obwohl er sich bemühte, blieb sein Blick an ihrem Busen hängen. Im Prinzip war dessen Größe für ihn von untergeordneter Bedeutung. Das Gesicht, die Augen, das Lächeln, besonders die Hände und mitunter auch die Beine zogen bei einer Frau viel mehr seine Blicke auf sich. Doch bei ihr war es gar nicht anders möglich als den Blick auf ihn zu richten. Es war nicht von der Hand zu weisen, daß sie es beabsichtigte – der enge Pullover sprach für sich.

Worüber sie sich wohl unterhielten? Zwei oder dreimal wies seine Kollegin zum ›Aquarium‹, schien somit die junge Frau an ihn zu verweisen. Dann verabschiedete sich die junge Frau von ihr, sogar mit einem Händedruck! *Das* überraschte ihn, denn sie gab nur ausgewählten Personen die Hand und noch seltener einem Bibliotheksnutzer, selbst wenn es einer der wenigen war, die bereits seit Jahren kamen.

Die junge Frau kam auf sein Büro zu. Unwillkürlich beschleunigte sich sein Herzschlag.

Sie hatte kaum an die Glastür geklopft, da stand er schon auf und öffnete.

»Entschuldigen Sie, daß ich Sie störe, aber die nette Dame sagte mir, daß Sie mir bestimmt weiterhelfen können«, sagte sie freundlich lächelnd mit einer warmen weichen Altstimme.

»Wenn die nette Dame das sagt, wird es schon stimmen«, erwiderte er ebenso freundlich und ohne Ironie, obwohl ihm gegenüber bisher selten jemand Frau Werner als ›nette Dame‹ bezeichnet hatte.

Aus der Nähe wirkte sie eher wie Ende als Mitte zwanzig, wie er zuerst vermutete hatte.

Sie blickte ihn leicht zweifelnd aus graublauen Augen an und schien die Ironie in seinen Worten zu suchen, die aber nicht vorhanden war.

»Solveig Bechthold«, stellte sie sich vor. »Ich plane eine Dissertation über Friedewald Drechsler zu schreiben, wovon meine Professorin nicht so wirklich begeistert ist, da ich mir einen Autor ausgesucht habe, der faktisch vergessen ist und von dem sie erst durch mich gehört hat. Ich habe erfahren, daß sein vollständiger Nachlaß hier zu finden ist. Die nette Dame konnte mir das bestätigen aber leider wenig Einzelheiten nennen.«

Er überlegte. Der Name Drechsler sagte ihm durchaus etwas. Wenn Frau Werner keine detaillierte Auskunft geben konnte, gehörte er zweifelsfrei zum noch nicht richtig katalogisierten Bestand, somit mußte er sich im obersten Geschoß befinden.

»Das haben wir gleich. Aber nehmen Sie doch Platz«, forderte er sie fast schon übertrieben freundlich auf.

Sie setzte sich auf den Stuhl unter dem Fenster – auf dem anderen war seit geraumer Zeit ein Stapel Bücher abgelegt – stellte ihre Tasche neben sich auf den Boden und schlug die Beine mit fast damenhafter Eleganz übereinander, was seinen Blick unwillkürlich auf sie lenkte, die mindestens so betrachtenswert waren wie ihr Busen. Einen so angenehmen Schwung einer weiblichen Wade hatte er schon länger nicht gesehen, wenn die Fesseln auch einen Tick zu kräftig für sein Empfinden sein mochten. Hatte er aus der Entfernung angenommen, ihre Beine seien nackt, so sah er nun, daß sie zarte hautfarbene Strümpfe oder Strumpfhosen trug, beides war für ihn reizvoll. Ihre Füße zierten elegante schwarze Schuhe mit niedrigem Absatz. Die sich deutlich durch den weichen Stoff ihres Pullovers modellierenden Brustwarzen verrieten, daß sie keinen BH trug. Sie saß mit einer Mischung aus Dame und braver Schülerin da, ihre Mappe im Schoß liegend, lächelte ihn freundlich an und verströmte ein dezentes Aroma nach Lavendel.

Er wandte sich der Regalwand zu und suchte die Rücken der Verzeichnisbände und Ordner Reihe für Reihe ab, wobei er sich nachdenklich hin und wieder am Kinn rieb. Wenn er sich nur daran erinnern könnte, wo ihm der Name Friedewald Drechsler begegnet war.

Sie beobachtete ihn währenddessen interessiert. Irgendwie schien er ihr zu jung für einen Bibliothekar, der eine so alte und ehrwürdige Bibliothek leitete. Stilechter wäre für sie ein Mann irgendwo in den späten Fünfzigern mit Cordjacke und gedecktfarbigen Hemden, ergrautem, an den Schläfen bereits gelichtetem Haar, für den es im Leben nichts als die alten Bücher gab, die er verwaltete und jeden Winkel in diesem alten Haus bestens kannte und auch ein bißchen wie seine alten Bücher roch. Doch niemand von Anfang vierzig, der alles andere als schlecht aussah, dichtes, struwweliges hellbraunes oder dunkelblondes Haar hatte, so ganz konnte sie seine Haarfarbe nicht einordnen – Kamm und Bürste schien auch seines nicht oft zu sehen – schmalhüftig war, wenn auch nicht direkt breitschultrig, aber über einen knackigen Po verfügte, um den er sicherlich wußte, andernfalls würde er kaum eine enge Jeans tragen, obwohl sie sich des Gefühls nicht erwehren konnte, daß ihm die Wirkung, die er auf Frauen besaß, gar nicht so recht bewußt und insgesamt etwas zurückhaltend, wenn nicht gar leicht verschlossen war und somit doch wieder ins Klischee paßte, das man sich vom Leiter einer solchen Bibliothek machte, was ihn ihr per se sympathisch machte, da sie seit jeher ein Faible für ›Bücherwürmer‹ besaß.

Er wäre nicht einen Moment auf den Gedanken verfallen, daß die junge Doktorandin ebenso genüßlich den Blick auf seiner Rückfront ruhen ließ wie er zuvor seinen auf ihrem Busen und ihren Beinen.

Er hatte kaum die Hälfte der Reihen abgesucht, da hatte er eine Eingebung. Er ging in die Hocke, für einen Moment verschwand er aus dem Blickfeld der jungen Frau, die so ihres Beobachtungsobjekts beraubt, durch die Glasfront in den Lesesaal sah. Frau Werner durchsuchte den Karteikasten auf ihrem Schreibtisch. Ihr war bereits aufgefallen, daß die EDV hier noch keinen wirklichen Einzug gehalten hatte, sah man vom Laptop auf Arnes Schreibtisch ab, der aber in erster Linie zur Kommunikation mit der Außenwelt diente, was ihr die Bibliothek noch einmal so sympathisch machte.

Arne wurde derweil in der hintersten Ecke unter dem Fenster, von der er wußte, daß er seit mindestens zwei Jahren dort nichts mehr herausgeholt hatte, fündig.

»Dachte ich es mir doch«, sagte er triumphierend mehr zu sich selbst und holte eine alte Kladde, auf der in langsam verblassender königsblauer Tinte in Druckschrift Nachlaß Friedewald Drechsler, Zugang 1958 stand und legte sie auf den Schreibtisch.

Er setzte sich wieder und schlug die Kladde auf.

»Laut diesem Verzeichnis befindet sich sein ganzer Nachlaß hier«, verkündete er beinahe stolz.

Die junge Frau nickte zustimmend, das hatte ihr die nette Dame ja bereits bestätigt.

Seine Neugierde war geweckt. Es freute ihn immer, auf einen Autor zu stoßen, den er noch nicht kannte. Er blätterte das Verzeichnis durch, das auf den ersten Seiten akribisch mit sauberer Handschrift, hier war die Tinte kaum verblaßt, den Bestand auflistete, aber dann abbrach.

»Leider scheint dieses Verzeichnis unvollständig zu sein. Aber Sie möchten sicherlich selbst einen Blick hineinwerfen«, sagte er zuvorkommend und reichte ihr die Kladde.

Sie nahm sie mit leicht vor Aufregung zitternden Händen entgegen. Sie besaß schöne, schlanke, unberingte Hände mit kurzen Nägeln. Sie war vom Jagdfieber gepackt. Mit derart umfangreichem Material hatte sie nicht gerechnet, das zudem bisher noch keiner so richtig gesichtet hatte, wie es aussah. Bis jetzt gab es keinen Grund, ihre Entscheidung zu bereuen. Das war etwas anderes als die x-te Dissertation über Thomas Manns *Zauberberg* oder Goethes *Faust* oder Brechts Dramen zu schreiben.

»Wie ich hieraus ersehe, scheint sein literarisches Werk einschließlich seiner Tagebücher vollständig aufgeführt. Der Abbruch erfolgt erst bei den juristischen Werken, die in seiner Bibliothek vorhanden waren, schließlich bestritt er seinen Lebensunterhalt in erster Linie als Notar.« Sie gab ihm mit einem zufriedenen Lächeln die Kladde zurück, die er aufgeschlagen vor sich legte.

»Jetzt sagen Sie mir einmal, Frau Bechthold, wer ist eigentlich Friedewald Drechsler. Der Name sagt mir so gut wie nichts.«

»Das wundert mich nicht. Von 1920 bis 1932 war er hauptsächlich als Autor sich ausschließlich um juristisches drehende humoristische Romane bekannt, die zwar amüsant sind und auch sprachlich einiges zu bieten haben, aber nicht annähernd die Qualität seiner drei frühen Romane *Konsul Breidenbachs Töchter*, *Lisbeth von Holmsberg-Brüderstatt* und *Der Salon der Konsulin* erreichen. In ihnen legte er die verlogene Moral der guten Gesellschaft seiner Zeit bloß. Das taten zwar einige seiner Zeitgenossen, doch im Gegensatz zu vielen von ihnen, ließ er seine Protagonisten, die ihren eigenen Weg gingen, zwar nicht gerade triumphieren, aber auf eine gewisse Weise doch erfolgreich sein. Da er diese drei Romane auf eigene Kosten drucken ließen, erreichten sie nur ein kleines Publikum und bewegten sich somit unterhalb des Radars der damaligen Literaturkritik und interessanterweise auch der staatlichen Zensur. Ohne seine späteren humoristischen Romane, die in einem seinerzeit bekannten Verlag für volkstümliche Literatur, den es aber schon seit mehr als fünfzig Jahren nicht mehr gibt, erschienen, wüßte man von den frühen Romanen wahrscheinlich nichts mehr, da nicht bekannt ist, wie viele er drucken ließ und wer sie erwarb.«

»Welche Werkepoche werden Sie behandeln?« Seine Neugierde stieg.

»Die frühe. Elisabeth Schulze-Werther, sie war Drechslers Großnichte, hat Mitte der 1950er Jahre über seinen Lebensweg promoviert, doch seitdem scheint sich niemand mehr mit ihm befaßt zu haben. Sie lernte ihn zwar nicht mehr kennen, da er bereits 1936 in seinem Schweizer Exil verstarb, aber sie kannte seine Tochter gut, von der sie auch die meisten Informationen erhielt. Die Tochter starb 1978 kinderlos. Drechsler hatte noch einen Sohn, aber der gilt seit 1953 als verschollen und war ebenfalls kinderlos. Direkte Nachkommen gibt es offenbar nicht, was Recherchen über Drechslers Leben erschwert.«

»Und wie kamen Sie zu ihm?« Sein Herz hüpfte leicht vor Freude, als ihm bewußt wurde, daß er sie über einen längeren Zeitraum regelmäßig sehen würde.

»Das erste Mal begegnete ich ihm im Bücherschrank meines Opas. Da war ich sechzehn oder so. Im *Salon der Konsulin* vermutete ich einen Roman im Stil Eugenie Marlitts, von denen mein Opa einige besaß und wovon ich mit zwölf oder dreizehn Jahren zwei gelesen hatte. Ich war überrascht, als ich gar nichts ›Gartenlaube‹-ähnliches vorfand, sondern sogar reichlich pikantes und seine Frauenfiguren auffallend emanzipiert und alles andere als sittsam sind, doch nach außen hin um Anständigkeit bemüht, wie es die gute Gesellschaft damals verlangte. Ich fragte meinen Opa, woher er es hatte und ob ich es haben dürfte. Er hatte mir schon oft Bücher aus seinem Besitz geschenkt. Er wußte nicht einmal, daß er es besaß und ebenso wenig woher. Opa besaß das Talent, daß ihm Bücher ›zuliefen‹, insofern wunderte es mich nicht, daß er nicht wußte, wie es in seine Bibliothek gelangt war. Ich verschlang den *Salon* und las ihn in der Folgezeit mindestens dreimal. Über eine Online-Recherche versuchte ich mehr über ihn zu erfahren, doch wurden ausschließlich seine humoristischen Romane und natürlich die Dissertation seiner Großnichte, die im Anhang eine vollständige Literaturliste der bekannten Werke enthält, angezeigt. Während es kein Problem darstellt, ein Exemplar der späteren zu bekommen, schien es unmöglich eines der frühen zu bekommen. Da seine Nichte leider 1991 verstarb, konnte ich sie nicht mehr kontaktieren. Also legte ich ihn vorerst ad acta. Zwar startete ich in den Folgejahren immer wieder einen Versuch, mehr über ihn zu erfahren, doch blieb das Ergebnis stets dasselbe. Vor einem halben Jahr stieß ich während einer anderen Recherche auf einen Zeitungsartikel aus den frühen 1960er Jahren, in dem recht ausführlich über die Scharff-Stiftung berichtet wird und dabei auch der Drechsler-Nachlaß kurz Erwähnung findet, weil seine humoristischen Bücher während der

1950er teilweise eine Neuauflage erfuhren und sich bis Anfang der 1960er einer gewissen Beliebtheit erfreuten. Das sah ich als Wink des Schicksals und entschied mich, meine Dissertation über ihn zu schreiben.«

»Soweit ich das aus der Liste ersehe, scheinen von seinem Frühwerken mehrere Exemplare vorhanden zu sein, ohne daß eine konkrete Zahl genannt wird.«

»Wahrscheinlich sind sie sogar noch ungelesen. Vielleicht geben seine Tagebücher ja Auskunft darüber. Seine Nichte erwähnt zwar deren Existenz, aber sie scheint nicht die Möglichkeit gehabt zu haben, sie zu lesen.«

Er fühlte, daß sie sich stundenlang über Literatur unterhalten könnten, ohne daß ihnen der Gesprächsstoff ausging. Ihm fiel auf, daß er seit einiger Zeit nicht mehr auf ihren Busen sah, sondern sie direkt anblickte, sich an ihrer heiteren Mimik erfreute. Ihr Gesicht war mehr rund als oval und die Brauen relativ dicht. Es mußte schön sein, ihre vollen, üppig geschminkten Lippen zu küssen.

Er wollte etwas erwidern, da meldete der Signalton ihres Smartphones eine eingegangene Nachricht. Sie holte es aus der Tasche und warf einen Blick darauf.

»Oh, schon so spät! Ich muß mich leider verabschieden. Ich werde ab Montag mit der Materialsammlung beginnen.«

Sie stand auf, hängte ihre Tasche um und reichte ihm zum Abschied die Hand. Sie besaß einen wohltuend kräftigen Händedruck.

Er schaute ihr angenehm berührt nach, wie sie zügig mit fröhlich wiegenden Hüften den Lesesaal verließ.

2.

Er wandte sich wieder dem Regal hinter seinem Schreibtisch zu. Wo befand sich der Ordner mit den Provenienzen der jeweiligen Zugänge? Er erinnerte sich, daß er ihn irgendwann letztes Jahr in der Hand gehabt hatte, um irgend etwas nachzusehen, an das er sich nicht mehr erinnern konnte. Vielleicht sollte er endlich einmal Ordnung in dieses Regal bringen. Irgendeiner seiner Vorgänger hatte Ordner und Verzeichnisse dort hingestellt, wo gerade Platz war und dessen Nachfolger hatten nie etwas daran geändert. – Ah, da war er ja.

Er legte ihn auf den Schreibtisch, setzte sich und schlug ihn auf. Der Inhalt war in kaufmännischer Abfolge geordnet. Er blätterte zu 1958, schließlich war das Jahr als Zugangsjahr auf der Kladde vermerkt und fand – nichts. Von 1955 bis 1961 gab es keine Zugänge, zumindest waren keine dokumentiert. Vielleicht war es ja nur falsch eingeordnet, was ihn nicht wunderte, System in einer unsystematischen Sammlung konnte schließlich nicht erwartet werden, was ihn wieder an Holger und den Artikel erinnerte. Also blätterte er von einem Seufzer begleitet den ganzen Ordner durch. Erst hinten wurde er fündig. Drechsler selbst hatte alles 1930 der Bibliothek übereignet. Warum dann 1958 als Zugangsjahr vermerkt war, würde wahrscheinlich auf ewig ein Geheimnis bleiben.

Er notierte mit Bleistift auf der ersten Seite der Kladde das tatsächliche Zugangsjahr, stellte den Ordner wieder zurück und verließ mit ihr unter dem Arm das Büro.

»Ich bin mal oben«, sagte er zu Frau Werner.

»Konnten Sie der jungen Dame weiterhelfen?«

»Ja, ich habe zwar das handschriftliche Verzeichnis des Drechsler-Nachlasses gefunden, das vermutlich 1958 aufgestellt wurde, tatsächlich übergab Drechsler selbst alles 1930, aber aus ihm geht nicht hervor, wo es oben genau aufbewahrt wird.«

»In den 1970er Jahren wurde ein neues Regalsystem installiert, das mehr Platz geschaffen hat, wobei auch die Regale neu durchnumeriert wurden, daher würde es nicht viel nützen, wenn das alte Verzeichnis einen Ort aufführt«, bemerkte sie überflüssigerweise, wie er fand, da er es selbst wußte und nickte nur.

Er stieg das breite repräsentative Treppenhaus hinauf. Er mußte erst Licht einschalten, bevor er die Räume im obersten Geschoß betrat, da durch die vielen Regale immer Dämmerlicht herrschte. Ein muffiger Geruch nach alten Büchern schlug ihm entgegen. Das einzig geordnete auf dieser Etage war die Aufstellung der Regale, der Inhalt dagegen wirkte, als er abgestellt, wo gerade Platz war und anschließend vergessen worden. Lediglich handschriftliche Zettel wiesen ungefähr auf den Inhalt hin.

Erst in der hintersten Ecke fand er den Drechsler-Nachlaß in mehreren Kartons, deren Aufdruck eine Herkunft aus den 1950er Jahren verriet, demnach muß derjenige, der damals das Verzeichnis erstellt hatte, den Nachlaß neu eingepackt haben. Drei enthielten auf den ersten Blick jeweils ungelesene Exemplare der ersten Romane, zwei waren voll mit juristischen Fachbüchern. In den beiden letzten befanden sich anscheinend jeweils ein Exemplar der Erstausgabe seiner humoristischen Bücher, die aufgeführten Tagebücher und die Handschriften. So unvollständig schien also das damals angelegte Verzeichnis nicht zu sein.

Er notierte auf der ersten Seite des Katalogs die Regalbezeichnung, dann nahm er jeweils ein Exemplar der ersten Romane mit. Beim Gedanken, daß er die Seiten vor dem Lesen aufschneiden mußte, was seinerzeit ja die Regel war, überkam ihn ein nostalgisches Gefühl. Mit einem letzten Blick auf den Urwald aus Regalen schaltete er das Licht wieder aus und ging nach unten.

Er informierte Frau Werner, wo der Drechsler-Nachlaß zu finden war. Sie legte sofort eine neue grüne Karteikarte an.

»Wirklich lesenswert sind laut Frau Bechthold nur die ersten drei Romane, die Drechsler selbst drucken ließ und von denen jeweils ein Karton ungelesener sich im Bestand befindet.«

Er zeigte ihr die drei Bücher. Sie notierte auch deren Titel auf die Karteikarte. Er war überzeugt, daß sie übers Wochenende wenigstens einen davon mitnehmen würde. Es sollte ihn schon wundern, wenn die junge Frau ihr nicht dasselbe über Drechsler erzählt hätte wie ihm.

Er setzte sich wieder an den Schreibtisch. Die drei relativ umfangreichen Bücher hatte er in einen Beutel getan und die Kladde griffbereit ins Regal gelegt. Noch zwei Stunden bis die Bibliothek offiziell schloß und somit das Wochenende begann. Die Zeit bis dahin konnte er auch gut mit der Arbeit an Holgers Artikel ausfüllen.

Doch nach kaum einer viertel Stunde gab er den Vorsatz wieder auf. Erstens fiel ihm nichts ein, ohne klare Vorgabe ist es schwer, ein Thema zu finden, zweitens hatte er sowieso keine Lust und drittens waren seine Gedanken zu sehr bei der bildhübschen Doktorandin und somit auch bei Friedewald Drechsler. Ob sie einen Freund oder eine Freundin hatte? Sie besaß auf jeden Fall etwas Liebenswertes. Ihre Anwesenheit würde etwas Farbe ins tägliche Einerlei ihres Bibliotheksalltags bringen.

Sein Blick wanderte immer wieder zum Stuhl, auf dem sie gesessen hatte und wo der Beutel mit den drei Büchern lag. Prinzipiell sprach nichts dagegen, schon jetzt einen Blick hineinzuwerfen. Irgendwo gab es hier einen Brieföffner, andernfalls waren da noch die Messer aus der kleinen Küche.

Besagter Brieföffner schien unauffindbar, weshalb er die Suche nach ihm bald aufgab und aus der Küche im Souterrain ein Küchenmesser holte. Als er wieder zurückkam, war Frau Werner nicht auf ihrem Platz. Er holte die Bücher aus dem Beutel. Sie besaßen einen schlichten Leineneinband, an dem die Zeit scheinbar spurlos vorübergegangen war, nur das Papier war leicht vergilbt und sie rochen alt.

Aus keinem besonderen Grund schnitt er zuerst die Seiten vom *Salon der Konsulin* auf. Es war schon ein eigenartiges Gefühl, die Seiten eines Buchs aufzuschneiden, das vor über einhundertundzehn Jahren gedruckt worden war und das fast wie neu wirkte. Man merkte dabei, wie sehr man heutzutage gewohnt ist, ein Buch sofort lesen zu können, allenfalls mußte man eine Schutzfolie entfernen.

Zwischendurch hielt er mit dem Aufschneiden inne und sah zu Frau Werner hinüber, die wieder an ihrem Tisch saß, vor sich die gleichen Bücher und ebenfalls mit dem Aufschneiden der Seiten beschäftigt, allerdings nicht mit einem Küchenmesser, sondern stilecht mit einem Brieföffner, dabei fiel ihm wieder ein, daß er diesen nicht in seinem, sondern in ihrem Schreibtisch gesehen hatte.

Da er sich Zeit beim Aufschneiden ließ und seine Gedanken immer wieder in die vermeintlich gute alte Zeit, die er nie erlebt hatte, abschweiften, kam er nicht mehr dazu, einen Blick hineinzuwerfen. Frau Werner schloß bereits den Haupteingang ab und machte ihre abendliche Runde, falls sich einer der wenigen Besucher doch zwischen den endlosen Regalreihen verirrt hatte. Er packte die Bücher wieder in den Beutel und brachte das Messer in die Küche zurück.

3.

Zu Hause kam er später als gewollt dazu, einen Blick in die Bücher zu werfen. Holger hatte angerufen, um sich nach dem Artikel zu erkundigen, zu dem er angeblich alle Zeit der Welt hätte. Er antwortete dem Freund diplomatisch ausweichend. Es gelang ihm wie schon so oft nicht, ihm zu sagen, daß er keine Lust hatte, ihn zu verfassen, sondern sagte stattdessen, daß er versuchen würde, ihn übers Wochenende fertigzustellen, wobei er nicht einen Moment daran dachte, es tatsächlich zu tun, aber Holger war beruhigt. Er hatte den Eindruck, daß es ihm letztlich gleich war, ob der Beitrag fertig wurde oder nicht.

Schon die ersten Seiten des *Salons* zeigten, daß Drechsler über ein ausgezeichnetes Gefühl für Sprache und Atmosphäre verfügte und einen durchaus modern wirkenden Stil pflegte. Zwar bediente er sich auffällig an Versatzstücken zeitgenössischer Unterhaltungsliteratur, aber der parodistische Ansatz dahinter trat deutlich hervor.

Die Frau Konsulin war eine matronenhafte, durchaus attraktive Witwe in den späten vierzigern mit drei Töchtern im heiratsfähigen Alter und einem Vermögen, das ihr ermöglichte, einen generösen Haushalt zu führen und ihre Töchter mit einer ansehnlichen Mitgift auszustatten. In ihrem Salon verkehrten überwiegend heiratswillige Männer unterschiedlichsten Alters, von denen kein geringer Teil es zuvörderst auf die Mitgift abgesehen hatte und daran auch keinen Zweifel ließ, wie es seinerzeit üblich war. So wie Drechsler die Abläufe hinter den Kulissen schilderte, hätte es damals unweigerlich die Zensur auf den Plan rufen müssen, da konnte er Solveig nur beipflichten, wie er beim Durchblättern und wahllosem Lesen feststellte. Zum Beispiel erwies sich die Konsulin als kein Kind von Traurigkeit mit einer starken Libido – Drechsler attestierte ihr einen, für Witwen ihres Alters typischen, krankhaft übersteigerten Geschlechtstrieb, wobei die Ironie ins Auge stach – der es an Liebhabern aller Altersklassen nicht mangelte und nicht wenige der Anwärter auf ihre Töchter landeten in ihrem Boudoir, das noch mehr als der Salon den Mittelpunkt des Hauses bildete und dessen Wände *»Stiche und Graphiken, nebst einiger kleinformatiger Photographien überwiegend exotischer erotischer Szenerien von kaum zu überbietender Direktheit zierten«*, wie Bodo, Jurist und Sohn eines kleinen, aber erfolgreichen Fabrikaten, der gute Aussichten besaß, Lizzy, die zweitälteste zu heiraten. Als bevorzugter Ort für ihre sexuellen Aktivitäten dienten zwei Fauteuils und eine Chaiselongue, jeweils mit braunen Leder überzogen, das trotz ausgiebiger Pflege, *»ein beredtes Zeugnis von den darauf stattgefunden mannigfaltigen geschlechtlichen Aktivitäten ablegte, was weder die Konsulin noch ihre Galane störte, sondern deren Vorstellungskraft und Unternehmungslust beflügelte«*. Vor allem beflügelte es die Fantasie des Lesers, wie Arne schmunzelnd für sich kommentierte.

Die Konsulin empfing Bodo in einem Negligé, das nach der neuesten Pariser Mode geschneidert war, das lange dunkle

Haar, in dem sich kaum graue Strähnen zeigten, offen tragend, in ihrem Boudoir.

Sie forderte ihn zuvorkommend auf, in einem der beiden braunen Leder-Fauteuils, die um einen kleinen Tisch herum standen, Platz zu nehmen. Bevor sie sich ihm gegenüber setzte, klingelte sie nach Minna, damit sie den Tee servierte.

Bodo unterhielt die Konsulin auf seine jungenhaft charmante Art mit dem neuesten Klatsch, den er aufgeschnappt hatte, wobei er sich gleichermaßen am vorzüglichen Ostfriesentee wie am Anblick ihrer üppigen, wohlgestalteten, reifen Weiblichkeit labte, die sie ihm verführerisch präsentierte und somit die gewohnte aphrodisierende Atmosphäre schuf.

»Wenn gnädige Frau mir erlauben, mich für einen Moment zu entfernen«, bat er etwas steif, wobei sein Herzschlag sich beschleunigte. Sein angenehm zurückhaltendes Wesen Damen gegenüber hinderte ihn wie gewohnt daran, sein Anliegen forscher vorzutragen, wenngleich wissend, daß er zum ausgewählten Kreis derjenigen gehörte, denen sie ihre besondere Gunst gewährte. Aber gerade das gefiel ihr besonders an ihm und ließ ihn als zukünftiger Gatte ihrer Lizzy als die beste Wahl erscheinen.

»Aber lieber Herr Konradis, Sie wissen doch, wie gerne ich mich Ihnen zur Verfügung stelle«, entgegnete sie mit einem leicht belustigten Lächeln über seine natürliche Zurückhaltung. »Sie wissen doch, wie sehr mir dieser besondere Perlwein mundet, wenn er aus so einer erlesenen Quelle wie der Ihren kommt.«

»Ich habe darauf gehofft, gnädige Frau«, strahlte er übers ganze Gesicht.

Die Konsulin lächelte nachsichtig. Sie erhob sich, um sich ihm einladend auf der Chaiselongue zu präsentieren. Sie öffnete leicht den Mund und streckte ihm den schwellenden Busen entgegen. Er knöpfte die Hose auf, holte sein Geschlecht heraus und verrichtete seine Notdurft teils in den Mund, teils über den erwartungsvoll bebenden mütterlich üppigen Busen der Konsulin und ließ den goldgelben Strahl bis hinunter zu ihrem Schoß wandern. Der zarte Stoff des

Negligés saugte sich schnell mit seinem gelben Naß voll, das reichlich floß, er hatte bis zum letzten Moment gewartet und der wohlschmeckende Tee trug sein Übriges dazu bei, schmiegte sich an ihren reifen Körper, wurde dabei fast durchsichtig und das dunkle seidige Haar ihres Schoßes bildete einen einladenden Schatten. Was über ihre Lippen gelangte, labte sie. Mehrmals seufzte sie tief vor Wonne, wenn es dir die Kehle hinunterrann.

Nach erfolgter Verrichtung seiner Notdurft über den drallen reifen Körper der schönen Konsulin, drehte er das Fauteuil, in dem er gesessen, zu ihr und setzte sich wieder, ohne sich jedoch vorerst in Ordnung zu bringen. Ein verstärkter Blutfluß im Schoß hätte ein ordnungsgemäßes Unterbringen seines Gemächts derzeit spürbar erschwert, außerdem wußte er, wie sehr der Konsulin der Anblick strammer Männlichkeit ein Labsal für die Augen darstellte. Die Konsulin, die diesen Genuß von unterschiedlicher Quelle beinahe täglich pflegte, nur wenige der bevorzugten Gäste ihres Boudoirs brauchten während ihres Besuchs das besondere Örtchen aufzusuchen, dankte ihm für den Genuß und setzte die Unterhaltung mit einem Blick auf sein pralles Gemächt fort. Er labte sich ebenso an ihren Anblick, der ihn an eine, mit einem Negligé bekleidete, aus den Fluten gestiegene barocke reife Venus erinnerte.

Als der Tee erneut seine Wirkung zeigte, wiederholte er, diesmal ohne sich von der Konsulin bitten zu lassen, das Prozedre seiner Notdurftverrichtung, was sie mit demselben Genuß empfing.

Danach setzte er sich jedoch nicht wieder, sondern entkleidete sich. Es gab noch eine andere ›Notdurft‹, die es zu verrichten galt, denn sein Geschlechtstrieb richtete sich bevorzugt auf schöne üppige reife Frauen. Er nahm neben ihr auf der Chaiselongue Platz, schob ihr das nasse Negligé so weit hoch, daß ihr Geschlecht ungehindert seinen Blicken ausgeliefert war, betrachtete es einen Augenblick und beugte sich dann mit dem Mund darüber um ihr zweites Paar Lippen zärtlich zu küssen. In diesem Moment nun verrichtete die Konsulin ihre Notdurft, denn der Tee hatte auch bei ihr die Wirkung nicht verfehlt. Er trank nun ihr goldenes Naß, wie von einer Quelle mit demselben Genuß wie sie seines. Es gab auch für ihn keinen köstlicheren Perlwein. Nachdem auch die Konsulin ihre Notdurft reichlich verrichtet hatte, huldigte er mit seinem harten Luststab ihrer Venusmuschel und opferte ihr schließlich reichlich von seinem Samen nach einem ausdauernden Akt. Die Konsulin gab sich mit Lauten der Verzückung diesen von ihm kundig bereiteten Wonnen ungeniert hin.

Arne benötigt einen Augenblick, bis er verstand, daß die Konsulin eine Urolagnieliebhaberin war und Bodo offensichtlich auch, denn »*ein von seinem ›Goldenen Naß‹ getränktes Negligé bedeutete für ihn ein besonderes Aphrodisiakum*«, wie an anderer Stelle stand, was ihn amüsiert schmunzeln ließ. Überhaupt pflegten die Konsulin und ihre Töchter eine reiche Palette an sexuellen Vorlieben. Als noch unverheiratete Frauen und auch zur Empfängnisverhütung vermieden sie nicht nur jeden vaginalen Verkehr und beschränkten sich auf den analen, sondern empfanden ihn auch als den besseren und auch oralem galt ihre Vorliebe, einschließlich anschließendem Schlucken des Spermas. Die Konsulin dagegen brauchte keine ungewollte Schwangerschaft mehr befürchten, denn nach der Geburt ihrer jüngsten hatten nicht näher bezeichnete Komplikation zur Unfruchtbarkeit geführt. Manche Dinge deutete auch Drechsler nur an. Wobei deren Ursache für die Handlung letztlich unerheblich war. Eine Vorliebe für Urolagnie mußte die Konsulin schon als junges Mädchen gehabt haben. Überhaupt nahm Urolagnie interessanterweise einen breiten Raum ein.
Bei einigen Passagen fragte Arne sich, ob Drechsler in eine unfreiwillige Komik abglitt, oder die damals gängige Umschreibungen lediglich karikierte. Jedenfalls liebte er ›unzüchtige‹ Beschreibungen, die, obwohl sie an Deutlichkeit nichts zu wünschen übrig ließen, zugleich von besonderer Wärme und Poesie durchdrungen waren und immer auch eine offene Liebeserklärung an die jeweilige Frau und an selbstbewußte Weiblichkeit

generell darstellte. Interessanterweise ejakulierten die Konsulin und Lizzy, die den gleichen beinahe ›krankhaft‹ übersteigerten Geschlechtstrieb besaß wie ihre Mutter, oft beim Orgasmus, was Drechsler ebenso poetisch wie genüßlich beschrieb. Überhaupt schienen beide Frauen für ihn etwas Besonders zu sein und Bodo verehrte sie gleichermaßen, was weder Mutter noch Tochter störte. Gemeinsamer Sex zwischen den dreien war das einzige, was Drechsler nicht beschrieb.

Etwa ein Viertel des Romans waren mit solchen und ähnlichen Beschreibungen angefüllt, hatte Drechsler eine Praktik ausführlich beschrieben, kam sie nur noch mit wenigen Worten angedeutet vor. Bemerkenswert war die Vielfalt sexueller Spielarten, die er beschrieb und so, wie er sie beschrieb, mußte er sie aus eigener Anschauung kennen.

Minna, das langjährige Hausmädchen, das er recht allgemein als bäuerlich derb, aber von hohem sexuellen Reiz schilderte, ohne auch nur ein annäherndes Alter zu nennen, wußte über alles und jeden im Haus Bescheid, war aber die Verschwiegenheit selbst. Sie pflegte zur Konsulin eine besondere Beziehung. Bei Drechsler kam lesbischer Sex als eine reichlich deftige Angelegenheit daher. Keine seiner Figuren schien irgendeine der ausgeübten Praktiken als außergewöhnlich zu empfinden, wenngleich sich im offiziellen Verkehr alle verhielten, als gäbe es lediglich den vaginalen Geschlechtsverkehr zur Zeugung von Stammhaltern.

Lizzy trug ihr Reitkleid. Sie ging etwas ungeduldig in ihrem Zimmer auf und ab, mit der Gerte immer wieder leicht in die geöffnete lederbehandschuhte Linke schlagend. Bodos Unpünktlichkeit erregte ihr Mißfallen, sie war es von ihm nicht gewohnt. Auch wenn er der Konsulin zu Diensten sein mußte, rechtfertigte es keine Vernachlässigung ihrer Person. Er hatte Manns genug zu sein, sich rechtzeitig zu verabschieden. Es juckte sie und dieses Jucken mußte er abstellen, dazu war er da. Wenn es ihm jetzt schon nicht gelang, wie sollte es erst nach ihrer Hochzeit werden?

Als Minna ihn endlich hereinführte, war ihre Geduld längst erschöpft.

»Es tut mir leid, daß ich mich verspätet habe.« Seine Zerknirschung war echt.

Sie trat mit versteinerter Miene auf ihn zu und verabreichte ihm eine schallende Ohrfeige. Seine Wange rötete sich und ein glückseliges Lächeln überflog sein Gesicht.

»Danke, meine Gebieterin«, murmelte er.

»Lauter! Ich verstehe dich nicht!« fuhr sie ihn an und schlug ihm auf die andere Wange.

»Danke, meine Gebieterin«, kam er ihrem Wunsch nach. Wie gerne ließ er sich von ihr mit ihren schönen lederbehandschuhten Händen ins Gesicht schlagen!

»Na bitte, es geht doch. Woher kommst du so spät?«

»Ich mußte noch Ihrer Mutter meine Aufwartung machen. Sie kennen Sie ja.«

»Das sieht man am Fleck im Schritt deiner Hose.« Sie wies mit der Spitze ihrer Gerte auf einen deutlichen.

Er sah betreten an sich herunter. Der Fleck war ihm nicht aufgefallen. Daß er nicht besser darauf geachtet hatte, wo er doch wußte, wie seine Braut darauf reagierte.

»Gelbes Naß oder Samenflüssigkeit?« fragte sie knapp.

Er zuckte mit den Achseln. Er konnte es wirklich nicht sagen.

»Du bist ein altes Schwein, weißt du das? Nur ein altes Schwein achtet nicht darauf, ob Körpersekrete auf seine Kleidung gelangen. Wiederhole, was bist du?«

»Ich bin ein altes Schwein, meine Gebieterin.« Ein wohliges Gefühl durchströmte ihn dabei. Es gab für ihn nichts Schöneres, als von diesem jungen feurigen Weib erniedrigt zu werden, die ganz die Tochter ihrer Mutter war.

»Ich sollte dich eigentlich zur Strafe mit meinen Körperausscheidungen bespritzen, damit du einen Grund hast, dich wegen deiner beschmutzten Kleidung zu schämen.«

Sein Antlitz verriet, daß es für ihn nichts Erstrebenswerteres gab, als von ihren Sekreten beschmutzt zu werden.

»Höre auf, so viehisch zu grinsen!« Sie schlug ihm mehrmals mit der Hand ins Gesicht, so daß seine Wangen gleichermaßen gerötet waren, sein glückseliges Lächeln vertrieb es nicht, dafür spannte nun seine Hose im Schritt bedenklich.

»Ausziehen und dann auf die Knie und lecke mir die Stiefel!«

Er entledigte sich zügig seiner Kleidung und fiel dann förmlich vor ihr auf die Knie. Sie hatte ihren zierlichen rechten Fuß, den ein Schnürstiefel mit halbhohem Absatz zierte, vorgeschoben. Sogleich küßte er die Spitze leidenschaftlich und brachte das Leder mit Lippen und Zunge auf Hochglanz. Sie sah auf ihn mit einem selbstzufriedenen Lächeln herab. So liebte sie einen Mann, er hatte einer Frau zu dienen. Sie wußte, warum sie ihn unbedingt heiraten wollte.

Sie klopfte ihm leicht mit der Spitze der Gerte auf den Rücken.

»Das genügt und nun den anderen. Du bist und bleibst das Ideal für eine Frau, weil du verstanden hast, daß Männer einzig dazu da sind, Frauen in jeder Hinsicht zu dienen.«

Als er sich ihrer Auffassung nach ausreichend auch dem anderen Stiefel gewidmet hatte, hob sie den Rock hoch, so daß ihr, von seidigem rotbraunen Haar umrahmtes Geschlecht ungehindert seinem Blick ausgesetzt war, in dem er schon oft Gelegenheit hatte, sein Gesicht zu betten.

»Mund auf, ich muß mich erleichtern!«

Im Gegensatz zu ihrer Mutter ließ sie es nicht einfach laufen, ungeachtet wohin es floß, sondern gab es ihm portionsweise zu trinken, bis sie sich vollständig erleichtert hatte. Von IHREM Perlwein konnte er noch weniger genug bekommen und schätzte sich daher glücklich, ihr Bräutigam zu sein.

Diese Lizzy ging ja ganz schön ran. Bodo ließ bezüglich Lizzy Seelenverwandtschaft nicht nur als leere Floskel erscheinen und erfuhr, was es bedeutete, eine Frau bis zur Selbstaufgabe zu lieben, wie Drechsler es beschrieb. Er ließ ihre Beziehung zwischen leidenschaftlich romantischer Liebe, wie sie dutzendfach zu jener Zeit vor allem in der Unterhaltungsliteratur geschildert wurde und gegenseitiger Hörigkeit, die er als Ideal zwischen zwei Menschen ansah, hin und her pendeln. Manchmal schien jeder von ihnen darüber entsetzt, welche Wirkung er auf den jeweils anderen besaß, aber im nächsten Moment brachte diese Erkenntnis sie einander nur noch näher. Sie lebten ihre Leidenschaft für einander oft in gemeinsamen sexuellen Exzessen aus, was sich nach ihrer Heirat noch steigerte. Aufgrund ihrer reichlichen Mitgift kann er seine Juristentätigkeit auf ein Minimum beschränken und sie sich auf die Befriedigung ihres Geschlechtstriebs konzentrieren. Ein Ideal, das Drechsler sich für sich selbst wahrscheinlich gewünscht haben mag. Der Roman endete damit, daß die alte Konsulin beim intensiven Verkehr mit ihrem Hausmädchen der Schlagfluß ereilte. *»Sie starb mit einem Lächeln voller Glückseligkeit auf einem Höhepunkt von kaum beschreibbarer Intensität«.* Ihre Töchter waren zu diesem Zeitpunkt bereits bestens verheiratet. Lizzy und Bodo übernahmen die hochherrschaftliche Wohnung, führten aber den Salon nicht fort, er war ja überflüssig geworden. Die Chaiselongue der Konsulin wurde auch ihr bevorzugtes Möbel beim Sex, sie führten zu den vorhandenen sichtbaren Spuren der Lust noch viele weitere hinzu.

Sicherlich war manches überzeichnet, insbesondere die Vielfalt der sexuellen Vorlieben innerhalb einer Familie, aber davon abgesehen, drängte sich auch nach über einhundert Jahren der Eindruck auf, daß reale Personen hinter den Protagonisten standen. Sicherlich nicht nur um der Gefahr eines Sittenprozesses zu entgehen, hatte Drechsler seine Bücher auf eigene Kosten drucken lassen. Aus gutem Grund war weder Jahr noch Druckort angegeben. Als Jurist kannte er sich schließlich aus. Das machte die Frage, wer die Bücher letztlich erworben hatte, noch etwas interessanter.

Er konnte nun auch gut nachvollziehen, weshalb Solveig den *Salon* mehrmals gelesen hatte.

Konsul Breidenbachs Töchter und *Lisbeth von Holmsberg-Brüderstatt* waren vom Aufbau und Inhalt vergleichbar, erster stellte eine Variante des *Salons* dar, während der zweite in der Welt des Adels angesiedelt war, der zur damaligen Zeit bereits vom Großbürgertum durchdrungen war. Allerdings kam er nicht mehr dazu, sich ausführlicher in sie einzulesen, da ihn am Sonntagvormittag spontan Marietta besuchte.

4.

Marietta war eine alte Freundin, die mit ihrem Mann seit Jahren erfolgreich eine polyamore Beziehung pflegte.

Sie hatte sich für ihn chic gemacht. Sie liebte Lederröcke, Nylons, High-Heels, Dessous im 1950er Jahre Stil und weiche Lederhandschuhe, wozu Frank, ihr Mann, leider keinen Bezug aufbauen konnte, er bevorzugte Nacktheit bei einer Frau. Bei Arne stieß sie diesbezüglich auf Gegenliebe. Einen Vorteil des polyamoren Beziehungsmodells sah sie darin, sich ungehindert jemanden zu suchen, der eine bestimmte Vorliebe teilte, ohne sich in Frustration ergehen zu müssen, weil der geliebte Lebenspartner nichts damit anfangen konnte. Die Befriedung ihres Fetischismus war das einzige für sie wichtige, was sie bei Frank nicht bekam. Aber auch davon abgesehen, war es für sie schön, gelegentlich mit einem anderen Mann als dem eigenen zu vögeln, ohne sich dem Streß auszusetzen, den Fremdgehen unweigerlich nach sich zog. Außerdem ließ das Wissen, daß der Partner auch jemanden hatte, mit dem er Sex hatte, Mißtrauen und Eifersucht gar nicht erst aufkommen. Jedoch war sie überzeugt und die Erfahrung bestätigte es, daß Polyamorie kein Mittel war, eine Beziehung in offensichtlicher Schieflage zu ›retten‹, es funktionierte nur, wenn die Partner mit sich und ihrer Beziehung im reinen waren.

»Frank verbringt den Sonntag bei Lisa. Ich wollte den Tag eigentlich zu Hause verbummeln, weil ich gestern den ganzen

Tag Klassenarbeiten korrigiert habe, aber dann fiel mir nach zwei Stunden doch die Decke auf den Kopf. Also habe ich geduscht, meine Lieblingsdessous, Nylons, einen Lederrock, High-Heels und Lederhandschuhe angezogen, mich sorgfältig geschminkt und gedacht, ich statte dir einen Besuch ab. Ich hätte vielleicht vorher anrufen sollen, aber ich dachte mir, ich könnte dich auch überraschen.«

»Du siehst hinreißend und unglaublich sexy aus«, sagte er über ihren Besuch erfreut und umarmte sie herzlich.

Sie ließ sich seine Umarmung gefallen, legte die Hände auf seinen Hintern und knetete lustvoll seine Pobacken durch die enge Jeans hindurch, was ihm ein wohliges Schnurren entlockte.

»Möchtest du einen Tee oder einen Kaffee«, fragte er schließlich.

»Einen Tee. Du machst dich in der letzten Zeit etwas rar.« Der Vorwurf war deutlicher, als sie beabsichtigt hatte.

Frank mochte zwar ihre Hauptbeziehung sein, aber auch von ihm erwartete sie, daß er sich um sie kümmerte, weil sie sonst das Gefühl bekam, daß er nicht wirklich an ihr interessiert war. Sie kannte ihn aber gut genug, um zu wissen, daß er es nicht mit Absicht tat, sondern es einfach Teil seines bisweilen arg versponnenen Wesens war, wie anders konnte er sich auch sonst als Leiter einer solchen Bibliothek wohlfühlen?

»Du kennst mich doch, ich verfalle schnell in einen bestimmten Trott«, entschuldigte er sich mit deutlichem Anzeichen schlechten Gewissens.

»Es gab eine Zeit, da hast du mir öfter gesagt, daß du mich sehen willst und mir regelmäßig schöne ferklige Bilder per Messeanger geschickt. Oder hast du jemanden kennengelernt, der vielleicht mit Polyamorie nichts anfangen kann? Ich könnte das verstehen. Du weißt, daß ich mich auch mit dir treffe, nur um zu kuscheln oder mich von dir anschauen zu lassen und mit dir zu reden.«

»Nein, da ist niemand.« Er klang leicht bedauernd.

Sie sagte nichts darauf, streichelte zärtliche seine Wange mit ihrer lederbehandschuhten Hand, was ihm ein wohliges Kribbeln bescherte, und ging ins Wohnzimmer.

Als er etwa eine viertel Stunde später mit einem Tablett, auf dem zwei Tassen, die Teekanne, eine Schale mit selbstgebackenen Keksen und einem Kännchen Zitrone ins Wohnzimmer kam, saß sie mit übereinandergeschlagenen Beinen auf der Couch und las im *Salon*, worin er verschiedene erotische Stellen mit gelben Zetteln markiert, von denen sie eine aufgeschlagen hatte. Erst als er das Tablett auf dem Couchtisch abstellte, bemerkte sie ihn.

»Das ist stellenweise schon ganz schön deftig«, bemerkte sie mit einem verklärten Lächeln. »Sind die drei Bücher aus eurer Bibliothek? Der Autor sagt mir nichts.« Sie schlug das Buch zu und legte es zu den beiden anderen auf den Couchtisch.

Während er den Tee einschenkte, erzählte er von Solveig und ihrer Dissertation über Friedewald Drechsler.

»Klingt interessant, was du über diesen Drechsler erzählst. Bei Gelegenheit mußt du mir eines seiner Bücher leihen. Ist diese Solveig hübsch?«

Er beschrieb sie weniger sachlich als beabsichtigt.

»Also gefällt sie dir«, schloß sie mit einem Schmunzeln. »Du solltest dich unbedingt wieder um eine Primärbeziehung kümmern. Vielleicht ergibt sich ja etwas mit ihr.«

»Sie ist erst achtundzwanzig.«

»Ja, und? Sie ist eine erwachsene Frau und du noch kein Greis. Und selbst dann ginge es nur euch beide etwas an. Aber es ist nur ein Vorschlag.« Sie wußte, daß es kontraproduktiv war, ihn in einem solchen Fall mit rationalen Argumenten zu kommen.

Sie rückte ein Stück von ihm ab und legte ihm die Beine in den Schoß.

»Streichle mir die Beine durch meine Nylons hindurch und massiere mir die Füße. Es wäre schön, wenn du mir später dein Sperma in einen Schuh spritzt, wenn ich dich wichse. Ich konnte es länger nicht mehr genießen, wie sich meine zarten Nylons mit Sperma vollsaugen, wenn ich den Schuh anziehe. Und dann laß uns eine halbe Stunde oder so spazieren gehen, damit ich das Gefühl von Sperma in den High-Heels ausgiebig genießen kann.«

Ein Lächeln der Vorfreude umspielte seinen Mund, während er ihr die Schuhe abstreifte, die im Fußbett einen deutlichen Abdruck ihres Fußes aufwiesen, und massierte ihr die schönen Füße, deren dunkelrot lackierte Nägel perlmutten durch den zarten hellen Stoff ihrer Nylons schimmerten.

»Das tut gut, insbesondere, wenn man unter der Woche den halben Tag vor einer Klasse stehen muß, auch wenn es auf flachen Schuhen ist.« Sie unterrichtete Mathematik und Biologie ab der achten Klasse.

»In High-Heels würden deine männlichen Schüler kaum auf deinen Unterricht achten«, scherzte er.

»Ich will sowieso nicht wissen, wer alles von meinen pubertierenden Schüler mich als Wichsvorlage benutzt. Und es sind sicherlich nicht nur die Jungs.« Was sie aber nicht zu stören schien. »Manchmal frage ich mich, weshalb ich eigentlich Lehrerin geworden bin.« Sie sagte es oft von einem leichten Seufzer wie jetzt begleitet, was aber nicht allzu ernst gemeint war, dafür war sie zu sehr Lehrerin aus Überzeugung und ihre Schüler respektierten sie.

»Was hast du gestern denn für Arbeiten korrigiert?«

»Sexualkunde, achte Klasse, Schwerpunkt Verhütung und Anatomie des weiblichen Geschlechtsorgans. Wenn die Jungen in dem Alter lernen, wo die Klitoris ist und wie sie funktioniert, gibt es hoffentlich später weniger sexuell frustrierte Frauen«, meinte sie trocken. »Und es kann nicht schaden, wenn auch die Mädchen mehr Wissen darüber haben, was vermutlich noch weniger sexuell frustrierte Frauen bedeutet. Wenn man bedenkt, daß auch heutzutage noch immer viele Frauen und Mädchen nicht wissen, wie ihre Vulva im Detail aussieht. Du weißt ja, wie ich versuche gerade die Mädchen durch die Blume zu ermuntern, so oft sie Lust haben zu wichsen, damit sie ihren Körper besser kennenlernen, schließlich will ich mir keine erbosten Vorwürfe von verklemmten Eltern einhandeln, davon scheint es immer mehr zu geben, habe ich den Eindruck. Aber laß uns von etwas anderem reden. Ich bin ja bei dir, damit ich vom Alltag abschalten kann.«

»Wenn wir schon beim Wichsen sind, kannst du dich doch

ein bißchen wichsen, während ich dir die Füße massieren. Du weißt, wie gerne ich es sehe, wenn das Leder deiner Handschuhe feucht von deinem Lustnektar ist.«

»Gerne«, sagte sie, stellte ihre Tasse auf dem Couchtisch ab und zog ihren Rock fast bis zur Taille hoch. Sie onanierte mit Freude vor einem Zuschauer, auch Frank sah ihr mit Vergnügen dabei zu.

Er weidete sich am Anblick ihrer Strumpfsäume und ihrer hübschen Möse, deren innere Schamlippen recht weit herausschauten, was aus seiner Sicht den Vorteil besaß, daß man sie leicht in den Mund nehmen und daran ziehen konnte. Sie streichelte sich mit der Rechten. Es war mehr ein an sich selbst spielen als ein wirkliches Onanieren, sie wollte sich nicht allzu sehr erregen, sondern ihm nur einen schönen Anblick bieten, floß ihr Lustnektar reichlich, färbte das rote Leder dunkel. Sein Herzschlag beschleunigte sich, sein Atem ging schneller, wohlige Ströme durchflossen seinen Körper, die sich in seinem Schoß konzentrierten. Er bekam eine Erektion. Seine Reaktion wirkte auf sie zurück. Sie spürte, daß es nicht mehr viel brauchte, um einen Orgasmus zu bekommen, was bei ihr ohnehin meist relativ leicht ging, aber sie wollte ihn nicht durch ihre eigene Hand, sondern durch seine geschickte Zunge. Daher hielt sie inne und sah mit einem betont lasziven Blick an.

»Leck' mir die Fotze und trinke meinen Saft, aber ziehe mir vorher die Schuhe wieder an«, befahl sie ihm lüstern.

Sexy gekleidet beim Sex zu sein, erregte sie stark und High-Heels waren für sie dabei unverzichtbar, was sogar Frank akzeptiert hatte, wobei er auch nichts gegen eine nackte Frau mit High-Heels einzuwenden hatte.

Er nickte und zog ihr die Schuhe wieder an. Sie spreizte aufreizend die Beine. Leicht vor Erregung zitternd, beugte er sich hinunter, nahm ihre inneren Schamlippen zwischen die Lippen, saugte ausgiebig daran, was ihren Sekretfluß noch verstärkte, schluckte ein Teil ihres leicht herb schmeckenden Lustnektars, schleckte ihr über die Klitoris. Sie warf den Kopf mit halbgeschlossenen Augen zurück, stöhnte und keuchte laut und überließ sich ganz den lustvollen Gefühlen, die er ihr mit Lippen und Zunge verschaffte. Sie fühlte relativ schnell einen Orgasmus kommen, der wie eine erfrischende Welle über ihr zusammenschlug. Sie stöhnte laut auf und drückte ihm den Kopf in den Schoß.

»Höre noch nicht auf!« Sie wollte noch einen und den bekam sie von ihm auch. Erst dann ließ sie seinen Kopf los. Sein Gesicht war naß von ihrem Lustnektar. Sie leckte ihm ihre Nässe aus dem Gesicht und vergrub die Zunge tief in seinem Mund. Sie knöpfte nun ihm die Jeans auf und holte seinen steifen Schwanz heraus. Dann zog sie ihren rechten Schuh aus. Sie onanierte ihn mit der lederbehandschuhten Rechten auf ihre besondere Weise, die ihm durch und durch ging, und hielt ihren rechten Schuh mit der Linken vor seinen Schwanz, damit er alles hineinspritzte. Er kam fast so zügig wie sie, sie tat auch alles, damit er so schnell wie möglich sein Sperma in ihren Schuh spritzte, weil sie es an ihrem zartbestrumpften Fuß spüren wollte. Sie betrachtete mit einem wohligen Schnurren sein Sperma im Fußbett ihres Schuhs, bevor sie ihn wieder anzog. Als sie mit ihrem zartbestrumpften Fuß sein Sperma berührte und spürte, wie der dünne Stoff es aufsaugte, stöhnte sie mit halbgeschlossen Augen aus tiefer Seele kommend lustvoll auf und schnurrte danach mehrmals wohlig. Sie ging einige Schritte mit lasziv wiegenden Hüften und selbstversunken vor ihm auf und ab. Dann sah sie ihn mit einem besonderen Lächeln an, hockte sich vor ihn, leckte seinen mittlerweile halb erschlafften Schwanz sauber und verstaute ihn wieder in seiner Jeans.

»Und jetzt gehen wir eine halbe Stunde spazieren«, beschloß sie.

Aus dem halbstündigen Spaziergang mit seinem Sperma im Schuh wurde schließlich ein einstündiger, da sie das betörende Gefühl nicht genug auskosten konnte, es ein schöner Sonntag war und sie gerne auf High-Heels lief, was sie relativ lange ohne Ermüdung konnte.

»Wann hast du das letzte Mal abgespritzt«, fragte sie ihn interessiert, während sie bei ihm untergehakt ging.

Er mußte einen Moment überlegen, bevor er ihr antwortete. »Vor mehr als einer Woche vielleicht, als du das letzte Mal bei mir warst. Warum?« »Ich habe es an der Konsistenz deines Spermas gesehen. Du weißt ja, daß man(n) nicht zu lange Pausen dazwischen einlegen sollte und nicht nur, damit die Menge des Spermas beim Abspritzen groß bleibt. Wenn du nicht mit mir oder einer anderen Frau ficken kannst, solltest du onanieren. Jeder Tag ohne Orgasmus ist irgendwie nur halb so schön.« Sie klang ganz wie eine Biologielehrerin vor ihrer Klasse.

»Ich vergesse es manchmal«, entschuldigte er sich.

»Dabei weiß ich, daß du durchaus gerne onanierst und tatsächlich ›vergißt‹ es zu tun. Aber ich glaube, das Problem ist eher, daß du jemanden brauchst, mit dem du regelmäßig Sex haben kannst und die nicht darauf wartet, bis du den Anfang machst. Vielleicht jemanden wie diese junge Frau, von der du mir erzählt hast. So wie du sie beschreibst, scheint sie jemand zu sein, der gerne Sex hat.«

»Ich habe sie erst einmal gesehen. Ich weiß nicht einmal, ob sie in einer Beziehung ist.«

»Da sie für ihre Dissertation die nächste Zeit regelmäßig zu euch kommt, hast du genug Zeit, das herauszufinden. Und sollte sie in einer Beziehung sein oder etwas in der Art, siehe dich nach jemand anderen um. Abgesehen davon bekommst du von mir die Aufgabe, mindestens jeden zweiten bis dritten Tag zu onanieren und mir zum Beweis ein Foto vom Ergebnis per Messenager zu senden, weil du es ja doch nicht fertig bekommst, dich bei mir zu melden, wenn du Lust hast. Frank sieht Lisa ja mindestens zweimal in der Woche. Polyamorie bedeutet schließlich auch, sich um seine Partner gleichermaßen zu kümmern, insofern das möglich ist, denn es stellt weitaus mehr als eine Affäre oder eine Freundschaft mit Bonus dar. Und bei dir könnte ich manchmal das Gefühl bekommen, daß ich für dich nur eine flüchtige Fickbekanntschaft bin.« Er verzog pikiert das Gesicht.

»Ich weiß ja, daß dem nicht so ist und du mich sehr magst, du beweist es mir ja immer, wenn wir zusammen sind, sondern dein Phlegma, aus dem du mitunter nicht herauskommst, deshalb bist du ja auch eine so ideale Besetzung für den Leiter einer solchen Bibliothek und gelingt es Holger immer wieder, dich vor seinen Karren zu spannen. Zum Glück gibt es Frauen wie mich, die es reizt, einen Mann wie dich zu ›verführen‹, aber sie sind nicht so zahlreich. Ein Minimum an Entgegenkommen wäre von deiner Seite nicht schlecht, sobald du merkst, daß eine Frau dich will. Du bist verdammt gut beim Sex und glücklicherweise auch ein ganz schönes Ferkel, wenn es darauf ankommt. Dir traue ich sogar zu, daß du einer Frau, die auf Koprophagie steht, ihr mit Genuß diese Neigung erfüllst, auch wenn du immer sagst, daß da bei dir die Grenze liegt, weil dich schon allein der Geruch abstößt, was ich dir auch glaube, was mich auch daran abstößt, neben einigen anderen Dingen. Mit diesen Pfunden solltest du wuchern. So jetzt aber genug, du bist schließlich keiner meiner Schüler, dem ich eine Standpauke halten muß, auch wenn ich manchmal den Eindruck habe, es bei dir zu müssen.«

Bevor er etwas darauf erwidern konnte, erhielt sie eine SMS. »Die ist von Frank. Er bleibt über Nacht bei Lisa. Dann bleibe ich bei dir. Ich mag leere Wohnungen nicht. Da ich montags die ersten beiden Stunden nicht unterrichten muß, wie du weißt, kannst du mich also so lange bedenkenlos sexuell benutzen, bis du leer bist«, lachte sie dreckig und schmiegte sich liebevoll an ihn.

5.

Als er Montagmorgen zur Arbeit fuhr, war er mit den Gedanken einerseits noch beim wundervoll erfüllten fantasievollen Sex mit Marietta, ein leichtes Ziehen in den Hoden erinnerte ihn daran, daß er ihrer Aufforderung ausgiebig mit ihr zu vögeln, nachgekommen war, andererseits beim Autor und der Person Friedewald Drechslers. Wie gewohnt war Frau Werner vor ihm da.

»Also, dieser Friedewald Drechsler hat die damalige Gesell-schaft ganz schön deftig geschildert. Man kann verstehen, wes-halb sie als Privatdrucke erschienen sind«, begrüßte sie ihn be-geistert, während sie die Kaffeemaschine beschickte. »Es liest sich gut. Er konnte tatsächlich schreiben. Man liest selten so einfühlsame erotische Schilderungen, gerade wenn es deftiger und vermeintlich exotischer wird. Seine Wortwahl wirkt nur selten altbacken. Hat diese Lizzy Sie auch so beeindruckt? Ich habe leider nur den *Salon der Konsulin* am Wochenende ge-schafft. Meine Exemplare habe ich noch zu Hause.«

»Streichen wir einfach zwei von jedem Buch aus dem Be-stand. Es sind ja genug vorhanden«, meinte er großzügig.

»Wenn Sie es sagen«, meinte sie von einem leichten Achsel-zucken begleitet.

»Diese Lizzy ist schon bemerkenswert, da haben Sie recht«, war er froh, daß sie nicht nur auf ihn so wirkte.

Es überraschte ihn nicht, daß ihr die erotischen Passagen gefielen. Er war ohnehin überzeugt, daß sie über ein reges Se-xualleben verfügte und bevorzugt abseits eingetretener Pfade wandelte, schließlich erschien sie insbesondere Montagmor-gen oft mit einem besonders verklärten Ausdruck im Gesicht, so wie heute wieder. Er fühlte sich manchmal selbst sexuell von ihr angezogen, da ihre erotische Ausstrahlung relativ stark war. Holger hatte es sofort bemerkt und in seiner salop-pen Art kommentiert. »Deine Kollegin macht zwar vorder-gründig einen auf mittelaltes graues Mäuschen, hat aber un-übersehbar ein ›Ich ficke gerne‹ auf der Stirn graviert.« Wäh-rend der ersten Monate, nachdem er seine Stelle angetreten hatte, gab es Momente, wo nicht viel gefehlt hätte, und das wenige lag in seiner mangelnden Initiative, die noch stärker in seinem natürlichen Hang zur Passivität als seine Vorbehalte begründet lag, mit einer Kollegin Sex zu haben, weil das sei-ner Ansicht nach zu Komplikationen führen konnte, wobei das bei Frau Werner nicht zu befürchten wäre, und sie hätten im oberen Geschoß zwischen den Regalen gevögelt, was für ihn als Vorstellung durchaus reizvoll war. Irgendwann war sie auf höfliche kollegiale Distanz gegangen, ohne Enttäuschung zu zeigen, weil sie ihn richtig einzuschätzen gelernt hatte. Mariettas Vorwürfe waren nicht unberechtigt und das wußte er.

»Ich frage mich, ob sie einer Frau, die Drechsler kannte, ähnelt. So wie er über sie schreibt, schreibt in der Regel ein Verehrer über eine Frau.«

»Schön wäre es, wenn wir ein Exemplar von Frau Schulze-Werthers Dissertation hätten.«

»Wir haben sogar etwas Besseres. Als ich Freitag nach oben ging, um mir jeweils eine Ausgabe seiner frühen Romane zu holen, schaute ich auch in die anderen Kartons und fand in einem ein Fotoalbum. Ich habe nur kurz hineingeschaut. Es liegt in meinem Schreibtisch. Ich hole es.« Sie wartete keine Antwort ab und verließ die kleine Küche.

Sein Herz schlug schneller, die Kaffeemaschine schien ihm lauter als gewöhnlich zu arbeiten. Auf das Album hatte er nicht sonderlich geachtet, als er in die Kartons geschaut hatte. Er konnte nicht einmal sagen, ob es im Katalog aufgeführt war.

Sie kam mit dem recht gut erhaltenen Album zurück und legte es auf den Tisch. Sie rückten die Stühle so, daß sie es gemeinsam betrachten konnten.

Die Fotos auf den ersten Seiten zeigten ältere steif wirkende Herrschaften, wahrscheinlich Eltern und andere Anverwandte der Drechslers. Einige waren untertitelt, aber da lediglich mit Vornamen, waren sie nicht sehr aussagekräftig. Dann kamen Fotos einer jungen Frau, die auf den ersten Blick Ähnlichkeit mit der jungen Doktorandin besaß. Arne und Frau Werner sahen sich erstaunt an. Sie trauten ihren Augen nicht. Bei näherem Hinsehen und unter Berücksichtigung der mittelmäßigen technischen Qualität wurden die Unterschiede deutlicher. Diese Frau war schlanker, wahrscheinlich auch kleiner, flachbrüstiger, das Haar mehr braun als Schwarz, insofern es sich auf einem sepiafarbenen Schwarzweißbild erkennen ließ, die Lippen weniger üppig, dafür entsprach sie unverkennbar der Beschreibung der Lizzy aus dem *Salon*. Unter einem ihrer Fotos stand in eleganter Handschrift ›Konstanze‹. Auf der nächsten Seite stand sie im Hochzeitskleid neben einem Mann, der mit einiger Fantasie als

Bodo identifiziert werden konnte und wahrscheinlich Friedewald Drechsler war. Sein Name tauchte nirgendwo auf, was die Vermutung nahelegte, daß er das Album angelegt hatte. Man schreibt eher selten im eigenen Album seinen Namen unter Fotos, auf denen man zu sehen ist. Er schien etwas kleiner als seine Frau zu sein. Diese Konstanze strahlte sichtbares Selbstbewußtsein aus.

Über das Betrachten des Albums vergaßen sie beinahe, die Bibliothek zu öffnen. Arne nahm es mit in sein Büro, wo er es vollständig durchblätterte. Auch Fotos der Kinder waren vorhanden, der Junge glich dem Vater auffallend und das Mädchen der Mutter. Etwa ein Drittel der Seiten war leer. Die letzten Fotos mußten der Mode nach, die Frau Drechsler trug, Mitte der 1920er Jahre aufgenommen worden sein. Es fiel ihm immer schwer bei Fotos, die vor so langer Zeit aufgenommen waren zu akzeptieren, daß die darauf abgebildeten Personen wahrscheinlich schon vor Jahrzehnten verstorben waren. Er schlug mit einem leicht wehmütigen Seufzer das Album zu und legte es auf den Stapel Bücher, der schon seit Monaten auf dem einen Stuhl lag.

Zum Glück hatte Holger sich am Wochenende nicht gemeldet, so brauchte er auch keine Ausflüchte anzuführen, weshalb er den Artikel noch nicht fertig hatte. Er mußte sich endlich dazu durchringen, ihm zu sagen, daß er den Artikel gefälligst selber schreiben sollte. Wenn es ihm nicht gelang, seine Seite redaktionell richtig zu betreuen, war es wenig sinnvoll Artikel zu allem und nichts zu schreiben. Sich selbst über seine Inkonsequenz ärgernd, versuchte er einen neuen Anlauf, nachdem er in die Mails geschaut hatte.

Ein leises Klopfen an die Glastür riß ihn aus seiner Konzentration. Ein Lächeln flog über sein Gesicht, als er Solveig erkannte, wie am Freitag im engen Pullover, wadenlangem weiten Rock und eleganten Schuhen mit niedrigen Absätzen und ihrem dick aufgetragenen tiefroten Lippenstift, der vor dem Hintergrund ihrer perlmuttweißen Haut und den schwarzen Locken, noch einmal so intensiv wirkte. Neben ihrer großen Schultertasche hatte sie eine Laptoptasche dabei.

»Sie brauchen in Zukunft nicht mehr anzuklopfen, wenn Sie zu mir wollen«, sagte er freundlich.

»Ich wollte nur sagen, daß ich da bin und ob Sie mir zeigen können, wo der Nachlaß von Friedewald Drechsler untergebracht ist. Die nette Dame sagte mir, daß Sie das besser könnten«, sagte sie mit leicht mädchenhafter Scheu, was bei ihr gar nicht kokett wirkte.

Er mußte innerlich schmunzeln, sollte die gute Werner am Ende Hintergedanken haben? Er verwarf den Gedanken schnell. Sie vermutete wahrscheinlich eher, daß es ihm lieb war, einer hübschen jungen Frau einen Dienst zu erweisen.

»Aber gerne«, erhob er sich diensteifrig.

»Wie sieht es mit einem Stromanschluß für meinen Laptop aus? Ich habe die Erfahrung gemacht, daß es gerade in so alten Gebäuden oft ein Problem ist.«

»Das sollte sich machen lassen, notfalls schließe ich eine Kabeltrommel an.« Er wußte tatsächlich nur von den beiden Steckdosen unterhalb des Lichtschalters auf der oberen Etage, was ihm bewußt machte, wie selten er sich doch um die obere Etage kümmerte, die letztlich kaum mehr als eine halbwegs geordnete Rumpelkammer war.

»Ich habe übers Wochenende einen Blick in den *Salon* geworfen«, sagte er, während sie die Treppen hinaufstiegen. »Er schreibt schon interessant und nimmt kein Blatt vor den Mund. Besonders die Figur der Lizzy finde ich beeindruckend.«

»Sie *ist* auch beeindruckend. Eine rundherum emanzipierte Frau. Er gehört zu den wenigen Autoren, denen es gelungen ist, sexuelle Szenen ohne falsche Scham und Geziertheit darzustellen, besonders zu seiner Zeit blieb einem Autor nichts anderes übrig, als über Sexualität in einer verschwurbelten Sprache zu schreiben, wollte er nicht das Ziel eines Sittenprozesses werden, wobei oft nicht viel dazugehörte, in einen solchen zu geraten. Ich freue mich darauf, die beiden anderen Romane lesen zu können.«

»In unserem Bestand befinden sich drei Kartons mit ungelesenen Exemplaren. Man muß sogar noch die Seiten aufschneiden.«

»Das ist ja noch reizvoller. Ich liebe es, ein Buch zu ›entjung-fern‹. Mein Exemplar des Salons ist leider ziemlich zerlesen.« Das Lächeln, begleitet von leichter Röte, das über ihr Gesicht flog, ließ keinen Zweifel daran, weshalb es das war.

Als ihm das bewußt wurde, wäre beinahe auch eine leichte Röte über sein Gesicht geflogen. Für einen Mann Anfang vier-zig, der stets mit sexuell aufgeschlossenen Frauen zusammen war, reagierte er mitunter auffallend schamhaft.

Er schaltete das Licht ein.

»Hier oben ist selten jemand. Es dient auch mehr als Lager für die Teile der Sammlung, die noch nicht oder nur unzurei-chend katalogisiert sind.«

»Es riecht hier schön sinnlich nach alten Büchern.« Sie at-mete mehrmals tief ein.

Wenngleich ihm der Geruch alter Bücher auch gefiel, so konn-te er ihre Euphorie nicht ganz nachvollziehen. Er fand die Luft reichlich abgestanden, weil zu selten gelüftet wurde und somit nicht gut für die Bücher. Eine richtige Lüftung gab es im ganzen Haus nicht, der Stiftungsvorstand vertrat die Ansicht, daß man ja regelmäßig die Fenster öffnen kann, was auf den unteren Eta-gen ja auch geschah, dennoch wäre eine richtige natürlich von Vorteil.

»Gibt es hier Plätze, wo man arbeiten kann? Ich würde un-gern unten im Lesesaal arbeiten, da könnte ich mich nicht so gut konzentrieren und es ist auch unpraktisch, immer alles von oben nach unten zu tragen.«

Er hätte nichts dagegen, wenn sie im Lesesaal arbeitete, dann könnte er sie jederzeit vom ›Aquarium‹ aus betrachten. Aber sie hatte natürlich recht.

»Ja, gibt es.« Vor den Fenstern, die zum Garten hinausgingen, standen zwei Tische mit jeweils zwei Stühlen, hier war auch der Abstand von der Wand zu den Regalen am größten. Dorthin führte er sie und öffnete auch sofort zwei Fensterflügel. Ange-nehm duftende Frühlingsluft strömte vom Garten herauf und verdrängte schnell die abgestandene Luft in der Nähe.

»Das ist doch gut«, war sie sichtlich zufrieden und stellte auf einem ihre Tasche ab und legte ihren Laptop daneben.

Die Frage bezüglich des Stromanschlusses klärte sich schnell. Es stand nicht nur auf jedem Tisch eine funktionierende Leselampe, sondern in der Nähe war auch jeweils eine Doppelsteckdose, was ihm entfallen war.

»Es ist schon eine schummrige Ecke. Das hat so etwas Geheimnisvolles, da erwartet man regelrecht einen verborgenen oder gar vergessenen Schatz zu finden«, bemerkte sie mit einem leicht schelmischen Lächeln, als sie zwischen den beiden Regalreihen standen, in dem Drechslers Nachlaß untergebracht war. »Ich bin mir sicher, daß man vom Eingang aus nicht so schnell sieht und hört, was sich hier abspielt. Die vielen Bücher und Kartons dämpfen den Schall sicherlich gut.«

Darüber hatte er sich noch nie Gedanken gemacht, Unwillkürlich sträubten sich ihm leicht die Nackenhaare bei der Vorstellung und der Tatsache, daß sie ihm körperlich zumindest ebenbürtig war. Sie war nur wenig kleiner als er, von Statur aber kräftiger und wog vermutlich etwas mehr als er. Sie stand auf einmal so dicht vor ihm, daß sie ihn fast berührte. Viel Bewegungsfreiheit nach hinten besaß er nicht mehr, bevor er mit dem Rücken zur Wand stand. Es lag sicherlich am Halbschatten, der zwischen den Regalen herrschte, daß ihr Blick etwas Teuflisches besaß, das ihn auf leicht gruselige Weise berührte. Er beging in der Regel nicht den Fehler, Frauen zu unterschätzen. Würde sie ihn hier bedrängen oder gar mit einem gefährlichen Gegenstand bedrohen, bekäme es niemand mit. Er konnte sich nicht helfen, aber hier von einer Frau wie ihr bedrängt und faktisch sexuell rücksichtslos benutzt zu werden, könnte ihm schon gefallen. Doch dauerte dieser Eindruck nur einen Moment, bevor er ihn niederrang und sich den Kartons zuwendete. Die angenehm beklemmende Atmosphäre verschwand.

6.

Während er sich in der Küche einen Tee machte, ging ihm die kurze durchaus prickelnde Situation nicht aus dem Kopf. Hatte es die nur in seiner überreizten Fantasie gegeben oder hatte sie ihn wirklich für einen Moment so merkwürdig angesehen? Er kam zu keinem befriedigenden Schluß. Tatsache war, daß er sich seit seiner Pubertät mit einem wohligen gruseligen Schauder vorstellte, wie eine Frau ihm sich aus purer Triebbefriedung näherte, weil sie wußte, daß sie alles von ihm verlangen konnte, um diesen zu stillen. Sogar, daß ihr gleichgültig war, ob er dabei auch zum Zug kam. Etwas davon hatte er bei jeder seiner Frauen gefunden, am stärksten seit einigen Jahren bei Marietta, der es allerdings wichtig war, daß er auch zum Orgasmus kam, schon allein, weil sie gerne einen Mann ejakulieren sah. Er verscheuchte den Gedanken und ging mit seinem Tee ins ›Aquarium‹ zurück.

Er versuchte sich erneut an dem unsäglichen Text, nur weil er sich nicht dazu durchringen konnte, Holger die Wahrheit zu sagen. Mehrmals überlegte er, ob er nicht über Drechslers Frühwerke schreiben sollte. Doch Holger wollte, daß es über Werke ging, die zwar schon lange vergriffen sein konnten, aber zumindest noch im Antiquariat oder wenigstens online verfügbar waren. Im Antiquariat konnte in diesem Fall möglich sein, aber online nicht, da gab es nur die späteren, das hatte er schon überprüft.

Die Zeit floß zäh dahin. Er dachte daran, wie Bodo vor Lizzy gekniet und ihr die Stiefel geleckt hatte, wobei ihm einfiel, daß Marietta schon länger keine mehr getragen hatte, wenn sie ihn besuchte. Dabei besaß sie mehrere schicke Overknees mit halbhohen und hohen Absätzen. Er sollte sie bitten, sie mal wieder zu tragen, wenn sie sich das nächste Mal sahen. Sie trug gerne Stiefel, das wußte er ja. War das Wetter schlecht oder kühl trug auch Frau Werner meist Stiefel und stets elegante mit niedrigen bis halbhohen Absätzen. Dann fühlte er sich erotisch unangenehm deutlich zu ihr hingezogen. Er verscheuchte auch diesen Gedanken.

Zum ersten Mal seit langem störte ihn wieder, daß hier der Tagesablauf allzu beschaulich war. Mehrmals war er versucht, nach oben zu gehen und sich zu erkundigen, ob Solveig etwas brauchte, bis er sich endlich dazu durchrang. Schließlich war er der Leiter und es daher nur natürlich, daß er nachschaute, ob alles in ihrem Sinn war.

Er ging jedoch nicht gleich zu ihr, sondern beobachtete sie erst im Schutz der Regale.

Sie hatte die Schuhe ausgezogen, der Laptop war aufgeklappt, auf dem Tisch lagen drei der ungelesenen Bücher, und drei oder vier Quarthefte, wie Drechsler sie für seine Tagebücher verwendet hatte. Sie las in einem Buch. Die Seiten hatte sie mit einem scharfen Taschenmesser mit recht großer Klinge, das aufgeklappt auf dem Tisch lag, aufgeschnitten. Für einen kurzen Moment ergriff die Vorstellung von ihm Besitz, daß sie ihm im Schutz und des Dämmerlichts der hinteren Regale dieses scharfe Messer auf die Brust oder an die Kehle setzte, um ihn zu zwingen, ihr sexuell zu Diensten zu sein. Das Bild der jungen, schönen Triebtäterin und Lustmörderin war ihm irgendwann während des Studiums in den Sinn gekommen, als er sich mit einer im 19ten Jahrhundert sehr beliebten Literaturform beschäftigte, die im Englischen als ›Gothic Novel‹ bezeichnet wird und mit Schauerroman nur unzureichend beschrieben ist. Auch dieser Gedanke verflog so schnell wie er gekommen war.

Sie hatte den Stuhl leicht vom Tisch abgerückt, saß zurückgelehnt darauf und hatte die Beine übereinandergeschlagen. So weit er das aus der Entfernung sehen konnte, besaß sie schöne Füße mit dunkelrot lackierten Nägel, was die Helle ihrer Haut betonte. Er fühlte sich unwillkürlich an Schneewittchens Beschreibung erinnert, ›*eine Haut, so weiß wie Schnee, Haare so schwarz wie Ebenholz und Lippen, so rot wie Blut*‹. Allerdings stand nirgends, daß Schneewittchen einen derart mütterlichen

Busen und schöne breite Hüften besaß. Die Haare hatte Solveig nachlässig mit einer Spange im Nacken fixiert, was ihre Gesichtszüge markanter wirken ließ. Manchmal überflog ein amüsiertes Lächeln ihr Gesicht.

Zum Glück wurde es ihm relativ schnell peinlich, sie weiterhin heimlich anzustarren. Er schlich zum Eingang zurück, um dann ganz normal zu ihr zu gehen. Als sie ihn hörte, hob sie den Blick, legte das Buch in den Schoß und lächelte ihm fröhlich zu.

»Wie kommen Sie zurecht«, erkundigte er sich freundlich.

»Gut, danke. Wie sieht es mit Getränken und Essen aus? Normalerweise sind die ja in einem Lesesaal nicht erlaubt.«

»Bei uns eigentlich auch nicht, zumindest unten. Aber hier oben kann man eine Ausnahme machen. Es ist ja auch kein eigentlicher Lesesaal und Sie sind ja auch allein.«

»Das ist lieb, obwohl es mir nichts ausmachen würde, woanders zu essen. Gibt es hier oben auch eine Toilette?«

»Ja, am entgegengesetzten Ende, wo der Drechsler-Nachlaß aufbewahrt wird.«

»Das ist praktisch, ich habe nämlich eine Kleinmädchenblase.« Sie lächelte ihn kokett an.

»Sie können die Exemplare der ersten drei Romane ruhig mit nach Hause nehmen, wie Sie geschehen haben, haben wir soviel davon, daß wir damit fast schon einen kleinen Handel aufziehen könnten«, sagte er halb im Scherz.

»Danke, aber eigentlich kann ich das nicht annehmen.«

»Ich denke, ich kann das verantworten.«

»Dann akzeptiere ich Ihr Angebot. Ich lese gerade die *Töchter*. Es ist genauso faszinierend wie der *Salon*. Im Unterschied zu diesem thematisiert Drechsler hier auch männliche Homosexualität. Der Konsul ist nämlich schwul und hat nur geheiratet, um einem möglichen Gerede zuvorzukommen, hatte aber immer Liebhaber. Der Streß der Gratwanderung läßt ihn vorzeitig altern. Seiner Frau ließ er jede Freiheit bezüglich Liebhaber, daher sagte sie auch nie etwas über seine, sondern deckte seine Affären. Die sexuellen Darstellungen sind diesmal nicht so explizit, es gibt keine unmittelbar sadomasochistischen Beziehungen seiner Protagonisten zueinander, aber dafür sind die Schilderungen manchmal noch etwas tiefergehender. Es geht den Personen hier nicht um bloße Lustbefriedigung wie im *Salon*. Man bekommt einen guten Eindruck über den Widerspruch einer weitverbreiteten latenten Homosexualität, wie sie in einer Männergesellschaft wie im alten Kaiserreich gang und gäbe war und gelebter echter Homosexualität. Drechsler Homosexuelle haben nichts Weibisches, wie beispielsweise Proust seinen Baron de Charlus beschreibt. Er schildert sie als normale Männer, die im Alltag nicht auffallen.«

Er rückte sich einen Stuhl zurecht und setzte sich ihr gegenüber, als hätten sie sich zu einem Plauderstündchen verabredet. Sie redeten über eine Stunde angeregt miteinander, bevor er wieder nach unten ging. Er hatte nicht den Eindruck, daß sie sich nur pflichtgemäß mit ihm unterhalten hatte, weil er der Leiter war. Er hatte die wenigste Zeit auf ihren üppigen Busen gesehen, sondern in ihr hübsches Gesicht.

7.

Solveig kam täglich gegen elf Uhr und blieb meist bis sie schlossen. Fast die ganze Zeit verbrachte sie oben. Arne ging hin und wieder hinauf, manchmal betrachtete er sie nur, machte sich aber nicht bemerkbar, was ihm stets ein schlechtes Gewissen bereitete. Die Unterhaltung mit ihr war bereichernd und sie schien sie auch zu genießen. Gelegentlich sah er, wie Frau Werner zu ihr hinaufging und mindestens eine halbe Stunde blieb.

Solveig trug nie etwas anderes als enge Pullover und weite, bunte, wadenlange Röcke, mal zarte hautfarbene Strümpfe oder Strumpfhosen, mal keine. Beim Arbeiten zog sie meist die Schuhe aus. Am verregneten Donnerstag hatte sie eine dunkelblaue Vinylregenjacke übergezogen. Marietta besaß eine ähnliche, in erster Linie, weil das Material sie erotisch ansprach. Sie hatte sie schon beim Sex mit ihm getragen und ihn nicht nur gebeten darauf zu ejakulieren, sondern vor allem auf Höhe ihrer Brüste über sie zu urinieren, schließlich sei es ja eine Regenjacke und ein ›Goldener Regen‹ war passender als ein gewöhnlicher, bemerkte sie mit einem Zwinkern. Fast alle Frauen in seinem Leben konnten sich unter bestimmten Umständen für Urolagnie erwärmen.

Solveig brachte soviel neues Leben in den beschaulichen Alltag der Bibliothek, daß der Freitag schneller als gewöhnlich kam. Noch drei Stunden bis sie schlossen. Er ging zum zweiten Mal an diesem Tag nach oben, unschlüssig, ob er mit ihr reden, oder sie wieder nur betrachten sollte, manchmal wunderte es ihn, daß ihr letzteres nie auffiel.

Kaum erblickte er sie im Schutz der Regale, hätte er sich am liebsten diskret zurückgezogen, doch die Faszination war stärker.

Sie saß zurückgelehnt und mit gespreizten Beinen auf ihrem Stuhl, in der Linken eines von Drechslers ersten Büchern, er konnte aber nicht erkennen, welches. Der weite Rock war so weit hochgeschoben, daß ihre weißen kräftigen Schenkel sichtbar waren, die Rechte lag im Schoß. Sie las halblaut. Er konnte nur Bruchstücke verstehen. Es war aber eindeutig eine erotische Szene, zu der sie ungeniert onanierte. Je stärker ihre Erregung wurde, desto lauter las sie, von lustvollem Stöhnen begleitet. Nun verstand er jedes Wort. Es war eine Szene aus *Lisbeth von Holmsberg-Brüderstatt*, in der Lisbeth sich von ihrem Stallburschen, dessen »*Geschlecht es problemlos mit dem Gehänge ihres besten Zuchthengstes aufnehmen konnte*«, wieder einmal durchvögeln ließ. Dabei lag sie auf Heuballen, den Reitrock hochgeschoben und hatte, wie »*jedesmal das Gefühl, von seinem Gemächt aufgespießt zu werden*«. Der Stallbursche war bereits einmal in ihr gekommen, aber das war für ihn gar nichts. Sie konnte nach einer schweren Fehlgeburt keine Kinder mehr bekommen, zwei hatte sie bereits, insofern störte es keinen, die Erbfolge war ja gesichert, was dazu geführt hatte, daß sie sexuell jede Hemmungen verlor und alles vögelte, was ein Y-Chromosom besaß und sich nicht schnell genug in Sicherheit brachte, wobei sie eine Frau war, bei der Männer so etwas aber nicht in Erwägung zogen. Bezüglich sexueller Praktiken war sie nicht wählerisch, solange sie ihre Orgasmen hatte. Drechsler ließ keinen Zweifel daran, daß sie eine typische Nymphomanin war, woran sich niemand aus ihrer Umgebung störte, weil sie stets diskret blieb. Drechslers Sympathien waren ganz bei ihr. Schlecht kamen wie bei ihm gewohnt die braven Bürger und Moralapostel weg. Als der Stallbursche zum zweiten Mal in der Gräfin ejakulierte, wieherte er mehr als daß er stöhnte, sie kam ebenfalls und sehr naß und urinierte abschließend über das Gemächt des Stallburschen. Solveig hatte auch ihren Orgasmus, allerdings weniger geräuschvoll.

»Es eignen sich tatsächlich alle seine Werke auch als Einhandliteratur«, meinte sie halblaut mit einem belustigten Kopfschütteln für sich. »Ich hätte auch mal wieder gerne einen Mann mit einem ›Gemächt‹ wie das des Stallburschen«, fügte sie von einem leicht sehnsüchtigen Seufzer begleitet hinzu.

Arne zog sich mit leicht rotem Kopf zurück. Er ging auf die Toilette eine Etage tiefer, wusch sich das Gesicht und ließ kaltes Wasser über die Handgelenke laufen. Das verschaffte ihm etwas Erleichterung. Solveig beim Onanieren zusehen, der Anblick ihrer nackten, weißen, muskulösen Schenkel hatte ihm stärker zugesetzt, als ihm recht war.

Nachdem er sich die Hände abgetrocknet hatte, holte er sein Smartphone aus der Hosentasche und schickte Marietta eine SMS.

Hättest Du heute abend Zeit? Oder vielleicht morgen?

Schon nach wenigen Minuten erhielt er eine Antwort. Freitags hatte sie nur bis mittags Unterricht.

Gerne. Wann soll ich bei Dir sein?

20 Uhr. Ich koche uns etwas.

Darf ich über Nacht bei Dir bleiben? Frank ist mit seinen

Kumpels auf Wochenendtour.

Natürlich! Ziehst Du Deine tollen Overknees aus Veloursleder an?

Na klar, mache ich das für Dich! Du hast mir schon lange nicht mehr gesagt, was ich anziehen soll, wenn ich Dich besuche. Und beim Vögeln mit Dir habe ich auch schon lange keine mehr getragen. Dabei weißt Du, wie gerne ich darin ficke, schließlich bin ich Fetischistin!

Ein glückseliges Lächeln zog über sein Gesicht, während er ihren Vorwurf ignorierte.

Er schob das Telefon in die Hosentasche und ging wieder hinauf. Er konnte nun unbefangen mit Solveig plaudern.

8.

Nachdem die erste Euphorie, Marietta am Abend zu sehen, etwas abgeklungen war, regte sich das schlechte Gewissen. Er hätte ihr keine SMS geschickt, hätte er nicht zufällig Solveig beim Onanieren beobachtet. Diese Erkenntnis trübte seine Vorfreude. Es war besser, wenn er es ihr sagte, sobald sie bei ihm war, auch auf die Gefahr hin, daß sie wieder ging, die aber gering war. Aber wahrscheinlich würde sie es erotisieren.

Sie war wie gewohnt pünktlich. Nach einer kurzen Begrüßung betrachtete er sie nicht nur ausgiebig, sondern verschlang sie richtiggehend mit den Augen, wobei sie sich in Positur stellte, nachdem sie die kleine Reisetasche, die sie dabei hatte, abgestellt hatte.

Sie trug die von ihm gewünschten, eleganten Overknees mit halbhohen Absätzen aus bordeauxrotem Veloursleder, einen über die Knie reichenden bordeauxroten, seitlich relativ hochgeschlitzten Lederrock, eine taillierte Jacke aus dem gleichen Leder, eine hellgraue Seidenbluse und die roten ellenbogenlangen Lederhandschuhe, die sie am vergangenen Sonntag getragen und mit denen sie ihn und sich schon unzählige Male masturbiert hatte. Die Haare waren mit kunstvoller Nachlässigkeit hochgesteckt und sie war eher dezent geschminkt. Beim Auf- und Abgehen wiegte sie betont lasziv und zugleich damenhaft die Hüften und präsentierte sich ihm von allen Seiten. Sie hatte kaum weniger Spaß dabei wie er. Eine Exhibitionistin und ein Voyeur ergänzen sich immer wunderbar. Schließlich setzte sie sich auf die Lehne eines Sessels, schlug die Beine übereinander, so daß der seitliche Schlitz des Rocks ihren Strumpfsaum sehen ließ, strich sich mit einer nachlässigen, aber ebenso verführerischen Geste eine imaginäre Locke aus der Stirn.

Irgendwann nahm er sie in die Arme. Sein schlechtes Gewissen hatte sich wieder gemeldet, als er am wenigsten daran gedacht hatte.

»Ich muß dir etwas sagen. Bevor ich dir die SMS geschickt habe, konnte ich durch Zufall beobachten, wie Solveig, die Doktorandin, von der ich dir erzählt habe, beim Lesen eines von Drechslers Büchern onanierte.«

»Und da du dich nicht traust, ihr zu sagen, daß sie dir gefällt und du gerne zwischen ihren Schenkeln knien würdest, um ihr die Möse zu lecken, hast du dich an mich gewendet. Und jetzt hast du ein schlechtes Gewissen, weil du lieber sie anstatt mich vögeln würdest.«

Er nickte sichtlich verlegen.

Sie lächelte ihn liebevoll nachsichtig an. Manchmal erinnerte er sie an einen kleinen Jungen, der sich viel zu viel Gedanken über etwas machte, dem andere kaum Bedeutung beimaßen. Das war es eines der Dinge, die sie an ihm mochte.

»Ach, Arne. Das stört mich nicht, ich weiß doch, daß du mich gerne leckst und fickst. Das wohlige Schnurren, mit dem du jedesmal deinen Schwanz in meine Fotze steckst, ist beredt genug. So reagiert nur jemand, der sich rundherum wohlfühlt. Ich finde es im Gegenteil schön, daß du sofort an mich gedacht hast. Du hättest schließlich auch einfach nur mit ihrem Bild vor Augen wichsen können. Bei dir komme ich immer auf meine Kosten. Frank ist auch toll im Bett, andernfalls wäre ich auch nicht mehr mit ihm zusammen, unabhängig von dem, was uns darüber hinaus verbindet, aber mit deinen geschickten Fingern kann auch er nicht wirklich konkurrieren, ebenso wie mit deinem schönen dicken Schwanz. Ich habe nichts dagegen, wenn du beim Sex mit mir an eine andere Frau denkst. In diesem Fall jedoch meine ich, daß du unbedingt herausfinden mußt, ob sie auch an dir interessiert ist. Aber das habe ich dir bereits vergangenen Sonntag gesagt. Ich finde, dir würde eine deutlich jüngere Frau als Partnerin gut stehen.«

Am liebsten hätte sie noch hinzugefügt, daß zwischen Solveig und ihm zwar nach Lebensjahren ein Altersunterschied bestünde, in manchen Dingen er jedoch der jüngere war.

Sie umarmte ihn und drückte ihn an sich.

»Urinieren wir uns später auch an? Ich habe große Lust darauf. Ich habe dafür das kurze Seidenkleid, das ich gerne dabei trage und Overknees aus Glattleder mitgebracht, die dich ja so scharf machen«, raunte sie ihm liebevoll ins Ohr.

»Ja, gerne, aber ich möchte dich noch eine Weile so sehen. Du bist ein so schöner Anblick.«

»Das ist bei dir nicht zu übersehen, daß dich das scharf macht«, lachte sie gutmütig. »Aber es ist auch scharf, sich so zu kleiden. Gehen wir spazieren? Es ist so schönes Wetter. Außerdem ist dann für uns beide die Vorfreude größer. Wir können ja an der Pizzeria vorbeigehen. Ich lade dich ein. Dann brauchst du nicht zu kochen und wir haben mehr Zeit für uns.«

»Wie lange kannst du bleiben?« fragte er in der Befürchtung, sie müßte am späten Abend schon wieder zu Hause sein.

»Maximal bis morgen Abend. Ich muß noch Klassenarbeiten korrigieren und wenn ich es nicht samstags mache, muß ich es sonntags. Frank ist mit seinen Kumpels übers Wochenende ja auf Tour. Ich glaube manchmal, er hat eine Lehrerin geheiratet, weil er weiß, daß die übers Wochenende meist für die Schule arbeiten muß, und er somit ungeniert seinen Vergnügungen nachgehen kann«, meinte sie nicht sehr ernsthaft.

Er mußte auch lachen. Er wußte, daß beide an den Wochenenden selten gemeinsam zu Hause waren und somit ihre Beziehung wundervoll frisch erhielten. Wobei es auch genug Wochenenden im Jahr gab, die sie mit gemeinsamen Aktivitäten verbrachten.

So schön es auch wieder mit ihr wurde, so dachte er nicht nur fortwährend an Solveig beim Sex mit ihr, sondern wurde sich mehrmals bewußt, daß er tatsächlich Marietta als ihre Stellvertreterin vögelte, die ihn auch noch ermunterte, sich vorzustellen, daß sie die andere war und ihr beim Sex von ihr zu erzählen, was er gerne mit ihr machen würde und ihr von ihrem üppigen Busen vorzuschwärmen. Er machte es brav, wie er meist alles brav machte, um was sie ihn bat, was ihm in keiner Weise merkwürdig vorkam. Als er Samstagnacht wieder allein im Bett lag, hatte er im Halbschlaf tatsächlich das Gefühl, mit Solveig gevögelt zu haben.

9.

Während Solveig in der ersten Woche die ganze Zeit oben arbeitete, außer sie machte von den Handschriften und Tagebücher im kleinen Kopierraum Fotokopien, sah Arne sie zum ersten Mal am frühen Montagnachmittag im Garten auf einer Marmorbank, die so stand, daß sie ihm das Profil zuwandte und die nur morgens direkte Sonne bekam, sitzen und in ihren Fotokopien blättern. Hin und wieder schrieb sie einen kurzen Vermerk an den Rand oder einen längeren in einen aufgeschlagenen Spiralblock. Hier konnte er sie weitaus unverfänglicher betrachten als zwischen den Regalen hindurch und wenn sie ihn entdeckte, ihr zulächeln und so tun, als hätte er erst in diesem Moment einen Blick aus dem Fenster geworfen.

Das Bild, wie sie beim Lesen onaniert hatte, hatte sich in

seinem Gedächtnis eingebrannt. Während er sie selbstversunken betrachtete, streichelte er ihr in der Vorstellung die vollen weichen Wangen, ließ ihre schwarzen Locken durch seine Finger gleiten, saß sie an ihn geschmiegt, liebkoste er ihren wundervoll üppigen weichen Busen, küßte er ihre vollen weichen Lippen, streichelte ihre helle Haut. Es war ihm nicht bewußt, aber er seufzte wiederholt leise dabei. Doch blieb er unentschlossen am Schreibtisch sitzen. Holger dagegen hätte längst offensiv mit ihr geflirtet und keinen Zweifel an seinen Absichten gelassen. Daß er sich einen Korb holen könnte, kam ihm prinzipiell nicht in den Sinn. Zum Glück besuchte der Freund ihn nie in der Bibliothek. Marietta hatte ihm beim Abschied am Samstagabend das Versprechen abgerungen, offensiver mit Solveig zu flirten, weil sich ihre Überzeugung gestärkt hatte, daß er bis über beide Ohren in sie verliebt war. Er fühlte sich daran gebunden, aber er wußte nicht, wie er es anstellen sollte. Bisher hatten überwiegend die Frauen bei ihm die Initiative ergriffen.

»Warum gehen Sie bei dem schönen Wetter nicht auch etwas in den Garten hinunter«, riß ihn die freundliche Stimme seiner Kollegin aus seinen Betrachtungen.

Sie hatte das ›Aquarium‹ betreten, ohne daß er es bemerkt hatte. Daher wandte er sich ihr schuldbewußt zu, doch sie lächelte ihn wie eine gute alte Freundin an, die einen wohlgemeinten Rat erteilte. So ähnlich lächelte ihn Marietta manchmal auch an.

Sie beobachtete ihn schon die ganze Zeit. Sie kannte ihn gut genug, um sich nicht darüber zu wundern, daß er weitgehend passiv blieb. Auch für sie konnte nur ein versponnener Mensch wie er es als erstrebenswert ansehen, eine solche Bibliothek zu leiten. Bei ihr war es etwas anderes. Eine derart gut bezahlte Arbeit würde sich ihr nie wieder bieten und ermöglichte ihr viele Freiräume. Er brauchte eine Frau wie Solveig, die dafür sorgte, daß er die Bodenhaftung behielt. Daß sie um einiges jünger war, würde seiner frühzeitigen ›Vergreisung‹, wie sie es nannte, entgegenwirken.

»Das ist gar keine so schlechte Idee«, antwortete er ebenso

freundlich, während er sich fragte, wie lange sie ihn schon beobachtet hatte.

»Sie bringt spürbar Farbe in unsere grauen Mauern. Sie ist anders als unsere üblichen Studentinnen.«

»Das stimmt.« Er wußte nicht, ob sie ihn herausfordern wollte, daher blieb er lieber freundlich einsilbig.

Sie ging mit einem eigenartigen Zug um den Mund zu ihrem Schreibtisch zurück und er nun doch in den Garten hinunter, bevor er sich noch mehr gut gemeinte Ratschläge anhören mußte, wo er mehr den Weg entlang schlenderte, als daß er zielstrebig zu ihrer Bank ging. Durch das Knirschen, das Schritte unweigerlich auf Kieswegen erzeugen, bemerkte sie ihn recht früh, sah aber erst von ihren Kopien auf, als er vor ihr stand.

»Der kleine Park ist schön«, lächelte sie ihn freundlich an und machte eine einladende Geste, sich neben sie zu setzen, was er nur zu gerne befolgte.

Sie legte die Ausdrucke auf den Spiralblock.

»Es muß schön sein, hier zu arbeiten. Immer den Garten im Blick, wenn man aus dem Fenster sieht, die vielen Bücher und die Ruhe.«

»Man gewöhnt sich mit der Zeit daran. Ich möchte die Arbeit hier auch nicht missen. Sie läßt Freiraum für anderes.«

Sie nickte, das war ihr nicht entgangen, Frau Werner und er standen lediglich unter dem ›Zwang‹ tägliche Arbeiten, die kaum mehr als zwei Stunden in Anspruch nahmen, auf acht ausdehnen zu müssen.

»Die Tagebücher bestätigen, daß Drechsler und seine Frau für Lizzy und Bodo aus dem *Salon* Pate gestanden haben. Es ist relativ offensichtlich, wenn man deren Beschreibung liest und Fotos des Ehepaars kennt. Drechslers Nichte gab ihrer Dissertation eine Handvoll Fotos bei, die sie von seiner Tochter bekommen hatte, daher wußte ich bereits, wie sie aussahen. Die Frage war eigentlich nur noch, wie groß die Übereinstimmungen tatsächlich sind. Interessanterweise beginnen seine Tagebücher zum Zeitpunkt, als er Konstanze kennenlernt. Er war da bereits fertiger Jurist, der bei ihrem Vater, der Notar war, begonnen hatte zu arbeiten, um praktische Erfahrung zu sammeln. Soviel aus den ersten Seiten des Tagebuchs hervorgeht, war sie Einzelkind, das erst nach einer fast zwanzigjährigen Ehe geboren wurde. Ihre Mutter war bei der Geburt zweiundvierzig und ihr Vater fünfundfünfzig. Drechsler führt die Daten akribisch auf. Für damalige Verhältnisse hatte sie also Greise als Eltern. Somit wurde sie natürlich verhätschelt und entsprechend selbstbewußt. Übrigens hatte sie den Rufnamen Lizzy, nach ihrer schon lange vor ihrer Geburt verstorbenen Großmutter, deren Namen Elisabeth sie als zweiten Vornamen führte. Beim Eintritt Drechslers in die Kanzlei ihres Vaters war sie fünfzehn und er dreißig. Er muß sofort von ihrer bereits recht gut entwickelten Schönheit und ihrer Direktheit fasziniert gewesen sein. Sie war ohnehin anders als die jungen Frauen, denen er sonst in seiner Kaste begegnete. Offenbar war sie von dem jungen Juristen ebenso schnell fasziniert. Vermutlich erkannte sie sofort sein Potential. Da ihre Eltern dem jungen Drechsler offenbar vertrauten, wahrscheinlich von Anfang an beabsichtigten, daß er ihre Tochter heiratete, ließen sie ihnen ausreichend Gelegenheit allein miteinander zu sein. Ihre Eltern wußten schließlich, daß sie laut der damaligen Lebenserwartung eigentlich schon übers Verfallsdatum hinaus waren und wollten daher ihre Tochter schnell ›versorgt‹ sehen, aber an einen Mann, der für sie mehr ein großer Bruder, denn ein gewöhnlicher Ehemann war, zumindest läßt sich das aus den Tagebüchern herauslesen. Drechsler besaß kaum Vermögen und galt somit für viele nicht unbedingt als gute Partie, weshalb die Wahrscheinlichkeit gering war, daß eine andere Frau ihn ihrer Tochter ›wegschnappte‹. Vielleicht gaben sie ihnen auch deshalb die Möglichkeit, sich einander auch sexuell zu nähern. Sie trauten ihm genug Anstand zu, ihre Tochter zu ehelichen, wurde sie schwanger, vielleicht hofften sie es auch. Der Notar war vermögend und außer seiner Tochter gab es keine Erben. Er sah in ihm auch keinen Mitgiftjäger, schließlich war er durch seine berufliche Praxis gewieft genug, einen solchen sogleich zu erkennen. Drechsler schildert ausführlich, wie Lizzy ihm bereits früh ungeniert sexuelle Avancen macht. Ja, sie spricht sogar offen mit recht derben Worten über Sex mit ihm. Anfänglich weiß er nicht, ob sie ihn provozieren oder nur herausfinden will, wie er gestrickt ist. Ihm gefällt sofort, wie sie spricht und geht unbefangen darauf ein, was ihm ihren Respekt einbringt. Sie erzählt ihm, daß sie seit ihrem zwölften Lebensjahr onaniert und das bei jeder Gelegenheit. Sie lacht über die Ammenmärchen, daß Onanieren schädlich wäre. Ihr ginge es bestens. Sie prahlt richtiggehend damit, daß sie über einen gesteigerten Geschlechtstrieb verfügt. Sie muß wohl einige der damals sehr populären pseudowissenschaftlichen Bücher über die vermeintlichen ›Verirrungen‹ menschlicher Sexualität gelesen haben, die bei ihr eindeutig das Gegenteil der auf den Leser beabsichtigten Wirkung bewirkte. Es sollte nicht wundern, wenn die manche erst Pfade weit abseits der Hauptstraßen gebracht hatten. Seine sexuellen Erfahrungen beschränkten sich auf gelegentliche Besuch bei Sexarbeiterinnen der besseren Klasse und vor allem auf Liebesdienste bei reifen und meist verwitweten Damen der bürgerlichen Kreise, in denen er verkehrte und die wohl als Blaupause für die Konsulin aus dem *Salon* gedient haben. Sie fragt ihn darüber aus, was er mit den Witwen gemacht hat, deren sexuelle Vorlieben scheinen sie sehr zu interessieren, schließlich waren sie Teil ihrer Umgebung. Sie schlägt vieles vor, das ihn überrascht. Das, was man heute als Petting bezeichnet, muß schon recht früh zwischen ihnen stattgefunden haben und es ging eindeutig von ihr aus. Er fragt sich zu recht, woher eine doch eigentlich behütete junge Frau wie sie das alles weiß. Bezüglich Oralsex stellt sie wohl bald alle Frauen in den Schatten, die er bisher hatte. Er hebt hervor, daß sie gerne sein Sperma schluckt. Urolagnie ist fast das wichtigste Thema zwischen ihnen. Ihn muß es seit seiner Pubertät beschäftigen und sie fasziniert es ebenfalls. Sie sprechen oft und ausführlich darüber und praktizieren es auch bald regelmäßig. Sie sind sich einig, daß es ein besonders schönes Gefühl der Intimität ist, den Urin eines geliebten Menschen über den Körper laufen zu lassen, ganz gleich, ob man dabei nackt oder angezogen ist. Lizzy scheint es sogar zu bevorzugen, wenn sie bekleidet ist.« Hierbei glaubte Arne für einen Moment ein besonderes Leuchten in ihren Augen zu bemerken. Aber es konnte auch an der Begeisterung liegen, mit dem sie über ihre Entdeckungen berichtete. Er erinnerte sich leicht sehnsüchtig, wie er Marietta übers Kleid uriniert und sie ihn mit diesem besonderen lustvollen Blick dabei angesehen hatte. »Ihnen ist bewußt, daß die offizielle Sichtweise solcher Praktiken auf reinen Behauptungen basiert.

Interessant ist hierbei, daß der britische Mediziner und Sexualforscher Havelock Ellis in seiner erst spät erschienen Biographie schreibt, daß ihn seine eigene Vorliebe für Urolagnie half, die Problematik mit den sexuellen ›Abweichungen‹ sichtlich differenzierter zu sehen als seine Zeitgenossen, die ja jede Form von Sexualität, die nicht ausschließlich der Fortpflanzung dient, grundsätzlich als ›Verirrung‹ ansahen. Auch Lizzy und Drechsler spotten darüber. Wenngleich Bodo und Lizzy aus dem Salon auch sadomasochistische Spiele praktizieren, so scheint es zwischen Drechsler und seiner Lizzy nur eine untergeordnete Bedeutung gespielt zu haben. Er schildert ausführlich sein sexuelles Begehren nach ihr und daß er sich keine andere Frau für sich vorstellen kann. Auch daß er sie nur zu gerne vögeln würde, so schön es für ihn auch sei, von ihr masturbiert und oral befriedigt zu werden, so sehr wünscht er sich, in ihr zu ejakulieren, was er immer wieder erwähnt. Nur seine wirtschaftliche Situation hindert ihn daran, bereits wenige Monate nach ihrer ersten Begegnung bei ihren Eltern um ihre Hand anzuhalten. Zweimal schreibt er über den Plan, sie zu schwängern, weil er sie dann heiraten müsse. Aber er verwarf den Gedanken jedesmal sofort. Lizzy würde sich nicht darauf einlassen. Sie hatte ihm bereits erklärt, daß sie erst mit Anfang zwanzig Kinder wollte. Wenn er sie unbedingt vögeln wollte, was sie ja selbst wollte, dann nur anal. Wenn man gewohnt ist, jederzeit Zugriff auf erschwingliche und sichere Verhütungsmittel zu haben, kann man sich gar nicht mehr vorstellen, welches Risiko ungeschützter Verkehr damals in vielerlei Hinsicht bedeutete. Sie kennen sich vielleicht drei Monate, bevor es zum ersten Analverkehr zwischen ihnen kommt, bei dem Lizzy offensichtlich irre abgeht. Er schreibt über mehrere Seiten die reinsten Elogen über Analverkehr. An ihrem sechzehntem Geburtstag faßt er sich ein Herz und bittet ihre Eltern um ihre Hand. Sie willigen sofort ein. Zuvor scheint der alte Notar ihm gegenüber mehr offene als verstecke Anspielungen gemacht zu haben, daß er ihn gerne als Schwiegersohn sähe. Drechsler glaubte daraus zu ersehen, daß ihre Eltern von ihren gemeinsamen sexuellen Aktivitäten wußten oder sie zumindest ahnten, und einem möglichen ›Fünfmonatskind‹ zuvorzukommen. Zwei Monate später findet die Trauung im relativ kleinem Kreis statt. Nach den Flitterwochen setzt ihr Vater sich zur Ruhe und übergibt seinem Schwiegersohn die Kanzlei. Die Eltern beziehen ein kleines Haus auf dem Land, das sie schon vor einigen Jahren als Altersruhesitz erwarben und überlassen den jungen Eheleuten die Wohnung. Nachdem, was ich bis jetzt gelesen habe, läßt sich behaupten, daß Lizzy und Drechsler nicht nur Vorbilder für Lizzy und Bodo sind, sondern daß sie Lizzy und Bodo *sind*. Die Lizzy im Salon ist gleich der Lizzy in seinen Tagebüchern. Er beschreibt im Buch ihr eigenes Sexualleben, wenn auch Lizzy Drechsler eher selten die Domse ihres Gatten war. Die Tagebücher sind sexuell sehr explizit in den Beschreibungen und sehr direkt in der Sprache. Die Art, wie er über Analsex und Urolagnie schreibt, ist hochpoetisch und mutet für damals progressiv an.«

»Daß Ellis eine Vorliebe für Urolagnie hatte, wußte ich nicht. Ich wußte nur, daß er eine differenziertere Sicht auf Sexualität pflegte als viele seiner Zeitgenossen.«

»Es ist nicht die schlechteste Neigung, die man haben kann«, lächelte sie ihn leicht verklärt an. »Sie findet ihren Widerhall auch in einer Fruchtbarkeitssymbolik der antiken Mythologie. Es gibt ein schönes Gemälde von Lorenzo Lotto dazu, heute im *New Yorker Metropolitan Museum of Art*, das um 1540 datiert wird, wo Cupido durch einen Myrtenkranz hindurch, den Venus hält, auf ihren Schoß, über den Rosenblätter liegen, uriniert. Beiden ist anzusehen, wieviel Spaß sie dabei haben. Seiner Partnerin auf die Vulva zu urinieren, ist also mit besonderer Symbolik befrachtet«, zwinkerte sie ihm schelmisch zu, worauf er leicht verlegen lächelte und fuhr fröhlicher aber auch ernster fort: »Urolagnie ist letztlich ebenso harmlos und in bestem Sinn unschuldig wie Fetischismus. Sadomasochismus ist natürlich gleichfalls harmlos, wenn es auch aus nachvollziehbaren Gründen eine etwas andere Liga darstellt, da es psychisch und physisch mehr in die Tiefe geht und es je nach Praktik bestimmte Sicherheitsrisiken zu beachten gilt. Letztlich hat es niemanden zu interessieren, wie erwachsene Menschen ihre Sexualität leben, solange sie andere und sich selbst dabei nicht nachhaltig schädigen und es auf freiwilliger Übereinkunft beruht.«

Sie schwiegen einen Moment, wobei sie hintergründig vor sich hin lächelte und er leicht verschämt ihrem Blick auswich. Mit jemanden, den er relativ gut kannte, gelang es ihm problemlos, unbefangen über Sexualität zu reden, bei anderen befiel ihn dagegen eine leichte, unerklärliche Schamhaftigkeit, so auch bei ihr. Weil er ihrem Blick auswich, bemerkte er nicht, daß sie ihn deshalb mit Wärme betrachtete.

»Daß er seine eigene Beziehung beschreibt, erklärt auch das realistische und plastische seiner Schilderungen«, griff er nach einem kaum merklichen Räuspern das Gespräch wieder auf, froh, den nur für ihn peinlichen Moment so zu überwinden.

»Das hat mich, neben der fast satirischen Schilderung der guten Gesellschaft, am meisten für ihn eingenommen. Drechsler hat vom ersten Moment an seine Frau abgöttisch geliebt, was eindeutig auf Gegenseitigkeit beruhte. Als sie 1929 nach einem schweren Schlaganfall im Alter von 49 Jahren verstarb, erholte er sich nie mehr davon. 1936 verstarb er unter nicht geklärten Umständen in seinem Schweizer Exil. Seine Großnichte läßt zwischen den Zeilen ihrer Arbeit wenig Zweifel daran, daß er wahrscheinlich einen Suizid beging.«

»Das erklärt vielleicht auch, weshalb er das Konvolut, das wir hier haben, der Bibliothek 1930 vermachte. Der Zugang erfolgte nicht 1958, wie auf der Kladde vermerkt.«

»Vielleicht dachte er da schon an einen Suizid. Er war bei ihrem Tod immerhin schon fünfundsechzig und sie sein Leben. Mit ihr starb sehr viel in ihm. Es kommt oft bei alten Menschen vor, daß nach dem Tod des einen langjährigen Partners, der andere bald nachfolgt. Der *Salon* ist neben aller Gesellschaftskritik und -satire nicht zuletzt eine romantisch-leidenschaftliche Liebesgeschichte, wie letztlich auch *Lisbeth* und der *Konsul*, wobei es beim *Konsul*, der alte Konsul ist, der eine große Liebe zu einem jüngeren Mann erlebt, die ihm die wenigen letzten Lebensjahre verschönert.«

»Da ist es doppelt bedauerlich, daß sein Frühwerk noch immer so unbekannt ist«, seufzte er leicht. Er besaß ein Faible für anspruchsvolle, romantische Liebesgeschichten.

»Man muß immer die Zeit bedenken, schließlich brachte er sie nicht ohne Grund als Privatdruck heraus.«

»Als Frau Werner und ich zum ersten Mal ein Foto von Frau Drechsler sahen, glaubten wir eine auffallende Ähnlichkeit zwischen Ihnen und ihr zu erkennen.« Er wußte selbst nicht, warum er es ansprach. Eigentlich wollte er ja offensiver mit ihr flirten.

»Das Erlebnis hatte ich auch, als ich zum ersten Mal ein Foto des Ehepaars sah. Aber wenn man näher hinschaut, überwiegen doch die Unterschiede. Ich weiß, daß zwischen ihnen und mir keinerlei verwandtschaftliche Beziehungen bestehen. Aber je mehr ich über Lizzy erfahre, desto mehr betrachte ich es als Kompliment.« Sie lächelte ihn vielsagend an, worüber er beinahe errötet wäre.

10.

Wieder im ›Aquarium‹ stellte er fest, daß er mehr als zwei Stunden mit Solveig verbrachte hatte. Frau Werner bedachte ihn mit einem leicht verschwörerischen Lächeln, als er an ihr vorbeiging. Es sollte ihn wundern, wenn sie sie nicht vom Fenster aus beobachtet hatte.

So viel Solveig auch über Drechsler und seine Lizzy gesprochen hatte, so hatte ihre wie beiläufig gemachte Bemerkung über Fetischismus, Sadomasochismus und Urolagnie einen nachhaltigeren Eindruck bei ihm hinterlassen und veranlaßte ihn zu der Vermutung, daß sie einige dieser Vorlieben teilte, was sein Herz höher schlagen ließ. Je länger er darüber nachdachte und den Eindruck, den er bisher von ihr gewonnen hatte, dazu in Beziehung setzte, desto weniger überraschte es ihn. Dennoch neigte er ungeachtet seiner langjährigen Erfahrung weiterhin dazu, die eigenen Vorlieben als nicht sonderlich verbreitet anzusehen und unterstellte daher fast jeder Frau, die ihm gefiel, daß sie damit nur wenig anfangen konnte. Es würde ihm wohl nie restlos gelingen, seine Sozialisierung in einem überwiegend bürgerlich konservativen Umfeld abzustreifen, in dem Vorlieben wie Fetischismus, Urolagnie und Sadomasochismus zwar nicht mehr als ›krank‹ angesehen wurden, dafür als sehr exotisch – euphemistisch ausgedrückt – das nur wenige Menschen betrifft, natürlich keinen negativen Einfluß auf ihre Persönlichkeit besaß, man war schließlich tolerant und respektierte Minderheiten, war aber zugleich überzeugt, daß sie es schwer hatten, passende Partner zu finden, was letztlich zur Frustration und partnerschaftlich in die Einsamkeit führte und demzufolge ihre Lebensqualität beeinträchtigte und somit Mitgefühl verdiente. Seit seiner Pubertät hatte er überwiegend Mädchen und Frauen mit Vorlieben kennengelernt, die in unterschiedlicher Ausprägung dem weiten Feld der vermeintlich ›ungewöhnlichen‹ Neigungen zugeordnet werden konnten und die gerne Sex hatten, weil er so schöne Gefühle erzeugte. Die ›normalen‹ mieden ihn daher, einer, der nur Bücher im Kopf hatte, war ihnen zu versponnen, dafür weckte er durch seine geistige Offenheit die Neugierde der anderen, die er auch nicht enttäuschte.

Er rief seine E-Mails ab, überwiegend Werbemails, beantwortete die wenigen Anfragen an die Bibliothek und sah wieder aus dem Fenster in den Garten hinunter.

Solveig saß noch immer auf der Bank, las in den Kopien, machte mit einem Bleistift Anmerkungen darin, oder schrieb etwas längere in den Spiralblock. Er überlegte, was ihn an ihr am besten gefiel; die schwarzen Locken, die ungewöhnlich weiße Haut, der auffallend üppige Busen, oder die vollen, fast schon aufgeworfenen Lippen, die zum Küssen einluden. Es mußte schön sein, den Kopf zwischen ihrem üppigen weichen Busen zu legen und ihn zu streicheln, aber noch schöner war es sicherlich, den Kopf zwischen ihren Schenkeln zu haben, sie zu lecken und ihren Lustnektar zu trinken, der sicherlich reichlich dabei floß. Wie schön war es doch, eine Frau mit Lippen und Zunge zu verwöhnen! Unbewußt entfuhr ihn ein sehnsüchtiger Seufzer, der sich nicht allein auf Solveig bezog, sondern auf alle Verflossenen, denen er auf diese Weise Lust bereitet hatte.

Mit einem erneuten Seufzer wandte er sich von ihr ab. Er ging hinunter in die Küche, um sich einen Tee zu machen.

Als er wieder zurückkam, saß Frau Werner nicht auf ihrem Platz. Im Lesesaal war niemand, was gerade bei schönem Wetter häufig vorkam. Er stellte die Tasse mit dem dampfenden Tee auf dem Schreibtisch ab und sah wieder aus dem Fenster.

Frau Werner saß für ihn wenig überraschend bei Solveig. Sie unterhielten sich angeregt und manchmal lachten sie. So aufgekratzt hatte er seine Kollegin selten erlebt. Gelegentlich gab Solveig ihr eine Seite der Kopie der Tagebücher zu lesen, anschließend sprachen sie darüber. Er hätte gerne gewußt, um welche Abschnitte es sich handelte, da sich jedesmal eine lebhafte Unterhaltung darüber zwischen ihnen entwickelte.

Natürlich könnte er sich zu ihnen gesellen und an ihrem Gespräch teilnehmen, aber das traute er sich aus unerfindlichen Gründen nicht. Sein Zögern entschuldigte er vor sich damit, daß einer ja den Lesesaal im Blick haben sollte. Dabei brauchte er nur den Haupteingang abzuschließen und das Schild in die Tür zu hängen, daß vorübergehend geschlossen sei.

Frau Werner kehrte sichtlich aufgekratzt und mit leicht geröteten Wangen zurück. Sie lächelte ihm auf eine besondere Weise zu, als sich ihre Blicke trafen. Unwillkürlich durchfuhr ihn erneut der Gedanke, den er während seines ersten halben Jahrs oft gehabt hatte, daß Sex mit ihr eigentlich schön sein müßte. Solveig und Drechslers Frühwerk bewirkten mehr und mehr eine erotische Aufladung der Atmosphäre ihrer beschaulichen Bibliothek.

Er sah, wie sie aus ihrem Schreibtisch einen Schreibblock holte und Notizen machte.

Er sah wieder aus dem Fenster zu Solveig hinunter, die nun mit ihrem Smartphone beschäftigt war.

In der Nacht träumte er, wie er Frau Werner auf ihrem

Schreibtisch vögelte, die nur den Rock hochgeschoben hatte, was so realistisch war, daß er nach dem Aufwachen das Gefühl hatte, es wäre wirklich passiert. Er hatte eine Erektion, die so schnell nicht wieder abklingen wollte. Er dachte noch lange darüber nach, bevor er wieder einschlafen konnte. Insbesondere irritierte ihn, daß er tatsächlich wie ihm Traum Lust auf sie verspürte.

Im Licht des neuen Tages erschien ihm sein Traum bereits weniger realistisch und er schüttelte schon amüsiert den Kopf darüber, welche Kapriolen das Unbewußte bisweilen schlug. Doch als er seiner Kollegin schließlich gegenüberstand, wäre er beinahe errötet und empfand es gar nicht mehr als Kapriole – er fühlte sich tatsächlich sexuell von ihr angezogen.

11.

Immerhin setzte er den Vorsatz um, Solveig nicht mehr heimlich im Schutz der Regale zu beobachten, auch wenn ihm der Mut fehlte, offensiver mit ihr zu flirten. Am Dienstag arbeitete sie wieder den ganzen Tag oben. Er suchte sie nur zweimal auf, wobei sich erneut angenehme Gespräche entwickelten und es offensichtlich war, daß sie seine Gegenwart genoß. Auch Frau Werner ging zu ihr. Es hätte gerne gewußt, worüber sie sprachen, traute sich aber noch immer nicht, an ihrer Unterhaltung teilzunehmen.

»Gut, daß Sie da sind. Ich wollte vorhin einen der Kartons aus dem Regal nehmen, mußte dabei aber feststellen, daß er nicht nur relativ schwer ist, sondern auch leicht brüchig, so daß ich fürchte, daß der ganze Inhalt auf den Boden fällt, versuche ich es allein«, sagte sie mit einem gewinnenden Lächeln, als er sie Mittwoch gegen mittag das erste Mal an diesem Tag aufsuchte.

»Ja gerne.«

Sie ging fröhlich die relativ breiten Hüften, deretwegen sie bevorzugt lange Röcke trug, wodurch ihre Silhouette schlanker wirkte, wiegend vor ihm her. Bei den Regalen angekommen ließ sie ihm den Vortritt.

»Welchen Karton meinen Sie«, fragte er, als sie vor dem Drechsler-Nachlaß standen. Er konnte keinen erkennen, der irgendwie brüchig aussah.

»Keinen, ich wollte Sie nur an einem Ort haben, von dem Sie mir nicht ausweichen können«, sagte sie ernst.

Er sah sie sichtlich irritiert an. Sie stand entschlossen vor ihm. Er konnte nur an ihr vorbei, wenn sie es wollte, und da die Regale bis an die Wand reichten, befand er sich tatsächlich in der ›Falle‹.

»Seit ich das erste Mal in Ihrem Büro war, flirten Sie mit mir, wo es nur geht. Sie schauen mir gerne auf den Busen, gut ich liebe ihn ja und tue alles dafür, daß man auf ihn achtet, insofern überrascht es mich nicht. Sie beobachten mich wie ein schüchterner Jüngling durch die Regale hindurch. Das letzte Mal, wo ein Mann mir verstohlene Blicke zuwarf, weil er sich nicht traute, mich anzusprechen, war ich sechzehn und es war im Unterricht. Ich weiß nicht, ob Sie tatsächlich annehmen, ich würde Sie nicht bemerken. Hier oben ist es einsam und ruhig, das schärft die Sinne. Sie gehen sehr behutsam, das muß man Ihnen lassen. Ich habe Sie nicht immer gleich bemerkt. Und ja, letzten Freitag ist mir aufgefallen, daß Sie mich beim Wichsen beobachtet haben, was mich, nebenbei bemerkt, stark erregt hat. Es war nicht das erste Mal, daß ich es hier gemacht habe. Drechslers erotische Passagen beflügeln die Fantasie, unabhängig davon, daß ich sowieso gerne onaniere. Ich dachte, Sie würden nun doch verbindlicher in Ihrer Annäherung werden, mich vielleicht zum Essen einladen oder so, deshalb habe weitergemacht, in der Vermutung, Sie hätten erkannt, daß ich Ihre Gegenwart bemerkt habe und es nun auch für Sie machte, aber ich hatte mich getäuscht, denn Sie unternahmen nichts. Auch am Montag, als wir im Garten saßen und lange geredet haben, unternahmen Sie nichts, obwohl ich das Gespräch bewußt auf die sexuellen Passagen in Drechslers Tagebüchern und auf Fetischismus, Sadomasochismus und Urolagnie lenkte. Ich habe gesehen, wie Ihre Augen leuchteten und gehofft, daß Sie daran anknüpfen, aber erneut vergeblich. Dabei bin ich mir sicher, daß Sie gerne mit einer Frau über Sex reden, so etwas erkennt man. Ich weiß, daß Sie Single sind. Sie haben es zwar nicht direkt durchblicken lassen, aber man merkt es, zumal Frau Werner es mir bestätigt hat. Daß ich Ihnen gefalle, ist schließlich nicht zu übersehen. Fürchten Sie vielleicht, daß ich Sie als zu alt empfinde? Ist es das, was Sie zurückhält? Oder bin ich Ihnen am Ende sogar zu jung? Ich bin achtundzwanzig und Sie sind für mich mit Anfang vierzig nicht zu alt, im Gegenteil! Es ist zwar individuell verschieden, aber mir ist lieber, ist ein Mann älter. Männer in meinem Alter fehlt oft eine gewisse Reife und innere Ruhe. Ich möchte eigentlich nur, daß Sie mir sagen, wie wir zueinanderstehen. Wenn Sie lediglich auf freundschaftlicher Ebene mit mir verkehren möchten, ist das für mich auch in Ordnung. Dann habe ich die Art, wie Sie mich anschauen, vermutlich falsch gedeutet. Ich unterhalte mich gerne mit Ihnen, was Ihnen sicherlich nicht entgangen sein dürfte. Sie zählen zu den belesensten Menschen, die ich kenne. Möchten Sie wirklich nur *das* von mir, bitte ich Sie, mich in Zukunft nicht mehr heimlich zu beobachten, wenn ich mich hier oben aufhalte, denn dann werde ich es als sexuelle Belästigung und nicht als Bewunderung empfinden. Ich gehe davon aus, daß Sie das verstehen!«

Er fühlte sich unter ihren Worten, die sie anfangs leicht aufgeregt, aber schließlich immer ruhiger vorbrachte und zum Schluß strenger wurde, wenngleich auch leichte Enttäuschung und etwas Bittendes mitschwang, immer unbehaglicher. Sie war ihm nicht zu jung, allenfalls fühlte er sich etwas zu alt für sie. Konnte er ihr sagen, daß darin einer der Gründe für seine Unentschlossenheit lag? Wohl eher nicht, wenn sie ihn nicht für einen ausgemachten Trottel halten sollte. Er wußte ja selbst kein überzeugendes Argument, außer einer unbestimmten Angst, abgewiesen zu werden, das er aber nicht vorbringen konnte, weil er fürchtete, sich lächerlich zu machen.

Sie schauten sich an. Ihr Blick war entschlossen, besaß aber auch etwas Trauriges, doch das konnte auch am Dämmerlicht zwischen den Regalen liegen.

»Sie sind mir nicht zu jung«, faßte er sich schließlich ein Herz. »Aber …«, wollte er zu einer Rechtfertigung ansetzen, doch sie erkannte die Gefahr, daß er sich darin verhedderte, es womöglich noch schlimmer machte und sie vielleicht selbst zu weit gegangen war, vielleicht brauchte er auch nur mehr Zeit, das war sogar wahrscheinlich bei jemanden wie ihn, und legte ihm einen Finger auf den Mund.

»Sag' lieber nichts. Ich weiß ja, daß du mich willst. Ich hätte ja auch etwas sagen können. Ich hätte dich ja auch zum Kaffee einladen können. Ich habe mir vielleicht zu sehr gewünscht, von jemanden wie dir auf romantische Weise den Hof gemacht zu bekommen. Meist ergreife ich ja die Initiative. Vielleicht hast du ja darauf gewartet. Tun wir so, als hätte ich dir das alles nicht gesagt.«

Sie schenkte ihm ein Lächeln und wandte sich um, ohne eine Antwort von ihm abzuwarten.

Er sah ihr einen Moment nachdenklich nach. Er fühlte sich peinlich berührt und das schlechte Gewissen, daß er sie heimlich beobachtet hatte, beherrschte ihn.

Sie war bereits wieder an ihrem Tisch und ordnete ihre Arbeitskopien, als hätte das Gespräch tatsächlich nicht stattgefunden.

»Ich bin mal wieder unten im ›Aquarium‹«, sagte er und wich noch immer verlegen ihrem Blick aus.

»Ja, gut«, sagte sie freundlich, aber in einem Tonfall als nähme sie es nur beiläufig zur Kenntnis.

12.

Nachdenklich saß er an seinem Schreibtisch. Er achtete nicht einmal darauf, daß Frau Werner ihn leicht fragend ansah. Sie hatte sofort gesehen, daß es zu Verstimmungen zwischen Solveig und ihm gekommen war.

Er ärgerte sich darüber, weil ihm nicht bewußt gewesen war, daß sie sein heimliches Beobachten im Schutz der Regale als sexuelle Belästigung empfinden mußte. Ausgerechnet ihm, der sich bisher nicht vorstellen konnte, eine Frau wissentlich zu belästigen, war das passiert. Gut, er konnte ihr, wäre er auf eine Retourkutsche aus, vorwerfen, daß sie an einem halbwegs ›öffentlichen‹ Ort onaniert hatte. Aber dann hätte er sie sofort darauf aufmerksam machen müssen und nicht erst eine halbe Woche später und nur, weil er von ihr mit der Hand in der Kasse überrascht worden war. Außerdem erschien es ihm schäbig und er hatte den Gedanken ohnehin nur, um sich nicht ganz so schlecht zu fühlen. Jedenfalls würde er ab jetzt versuchen, höfliche Distanz zu halten. Es milderte auch nicht, daß sie ihm gesagt hatte, daß er ihr gefiel. Er hatte sie offensichtlich verletzt und das verzieh er sich nicht. Ihr Vorwurf der sexuellen Belästigung lag ihm zu schwer im Magen.

»Trinken wir einen Kaffee, wenn du freihast«, riß ihn Solveigs fröhliche Stimme aus seinen trüben Betrachtungen.

Sie war ohne anzuklopfen ins ›Aquarium‹ getreten, so wie er es ihr am ersten Tag erlaubt hatte. Er mußte sie wohl mit einem eigenartigen Blick angesehen haben.

»Ich glaube, ich war vorhin etwas heftig zu dir«, sagte sie entschuldigend und setzte sich auf den freien Stuhl unter dem Fenster. »Ich fühle mich von dir in keiner Weise sexuell belästigt, das mußt du wissen. Ich glaube, eine Frau, die dich ein bißchen kennt, kann sich niemals von dir belästigt fühlen. Ich bin Exhibitionistin genug, um es zu genießen, wenn ein Mann mich betrachtet, der mir sympathisch ist. Mir ist es zwar lieber, er betrachtet mich offen und nicht heimlich. Aber dennoch war es schön, von dir beim Wichsen beobachtet zu werden. Gerade in einer so einsamen Umgebung wie oben kann das aber auch befremdlich wirken. Ich bin mir sicher, man kann oben jemanden vergewaltigen, ohne daß es in den unteren Etagen einer mitbekommt, außer man schreit vielleicht wie am Spieß. Ich weiß, daß du keine Frau vergewaltigen könntest. Ich schätze dich sogar so ein, daß du zu den Männern gehörst, die froh sind, wenn *sie* von keiner Frau sexuell bedrängt werden, selbst wenn sie es sich in ihrer Fantasie wünschen. Sollte sich mir jemand in der Absicht, mich zu vergewaltigen nähern, würde ich ihm ohne zu zögern in die Eier treten und das war's dann für ihn. Ich bin nun einmal keine kleine zierliche Frau, die leicht zu überwinden ist. Es hat aber auch noch nie jemand versucht, mich sexuell zu bedrängen. Allenfalls blicken Männern sabbernd auf meine großen Titten. Und jetzt vergiß, was ich dir oben gesagt habe. Ich mag dich nämlich. Ich hab' dich schon gemocht, als ich das erste Mal mit dir hier geredet habe, während du das Verzeichnis für mich gesucht hast. Dabei habe ich auf deinen knackigen Po in deiner engen Jeans geschaut. Du siehst, auch ich schaue gerne auf die körperlichen Reize eines Mannes.«

Jetzt mußte sogar er schmunzeln.

»Siehst du, nun lachst du wieder. Ich hab' mich nur geärgert, daß du nichts gemacht hast, sondern nur mit mir geredet und das hat mich verunsichert, mich in meiner Eitelkeit gekränkt. Weißt du, Frauen bringt man immer noch nicht bei, einen Korb problemlos zu akzeptieren. Ich denke immer noch, daß ein Mann, der mir gefällt, auch mich unbedingt flachlegen will. Ich hatte Angst, daß ich dir am Ende doch nicht gefalle. Nicht jeder Mann steht auf kräftige Frauen, auch wenn er große Titten geil findet.«

»Ich habe es nicht so mit den zierlichen Frauen«, antwortete er diplomatisch. »Schönheit ist nicht an Schlankheit gekoppelt.«

»Das denke ich mir auch.« Sie stand auf. »Ich lasse dich jetzt allein. Ich muß noch etwas arbeiten und du hast sicherlich auch nicht den ganzen Tag Zeit, dich mit jungen Studentinnen zu unterhalten.«

Bevor er antworten konnte, daß er während der Arbeitszeit eigentlich alle Zeit der Welt hätte, was sie natürlich wußte, und ihn etwas ›schmoren‹ lassen wollte, hatte sie das ›Aquarium‹ bereits verlassen. Er versuchte in den verbleibenden beiden Stunden bis zum Feierabend an anderes zu denken, was ihm überraschenderweise recht gut gelang.

13.

Arne und Solveig standen vor dem Haupteingang und sahen Frau Werner nach, wie sie zur Bushaltestelle ging.

»Wo gehen wir unseren Kaffee trinken?« fragte er.

»Das klingt jetzt etwas forsch, aber nimmst du mich mit zu dir? Wir kennen uns jetzt fast zwei Wochen. Du hast mich beim Wichsen gesehen und mittlerweile hast du auch verstanden, daß ich Lust auf dich habe. Also ist es nur fair, daß du mich auch in den intimen Bereich deiner Wohnung läßt und wir uns somit weitere Präliminarien sparen können.«

»Ja, gut.« Es war ihm durchaus lieb.

»Das ist mein kleines privates Reich«, sagte er, nachdem er die Tür seiner Zweieinhalbzimmerwohnung mit geräumiger Wohnküche in einem Altbau hinter ihnen geschlossen hatte.

Beim Anblick der von Büchern fast überquellenden Regalwand im Wohnzimmer mußte sie unwillkürlich grinsen. Alles andere hätte sie auch gewundert. Sie stellte ihre Umhängetasche und ihre Laptoptasche auf den Boden neben der Couch ab, die bequem wirkte.

»Hübsch hast du es hier. So ähnlich habe ich vermutet, wohnst du.«

Er nahm es als Kompliment.

»Möchtest du einen Kaffee oder lieber Tee?«

»Lieber Tee. Zu Hause trinke ich in der Regel Tee. Draußen bekommt man aber eher guten Kaffee als guten Tee, daher trinke ich draußen meist Kaffee. Zu Hause habe ich Kaffee nur für Besuch da.«

»Ist bei mir auch nicht anders. Wie ist deine Wohnung?«

»Ein nicht allzu großes Zimmer mit Kochnische und kleinem Bad. Mehr kann ich mir derzeit nicht leisten. Meine Eltern haben nicht viel Geld und können mich daher nur begrenzt unterstützen und was ich mir nebenbei verdiene, gebe ich lieber für andere Sachen als für die Miete aus.«

»Was arbeitest du nebenbei?« fragte er, während er in der Küche den Wasserkocher befüllte.

»Modell für Übergrößen. Es wird gut bezahlt, so daß ich mit wenigen Arbeitstagen im Monat auskomme. Aber es gibt nicht so viele Möglichkeiten, damit Geld zu verdienen.«

Sie hatte sich auf einen Stuhl gesetzt und die Beine übereinandergeschlagen.

»Und für was für Moden?«

Es überraschte ihn nicht, so hübsch wie sie war.

»Alles, von Dessous bis zur Abendmode, wobei ich Dessous am liebsten mache, du weißt ja, ich bin Exhibitionistin. Es gibt viele schicke Sachen jenseits der 38 bis hin zu Größen, in die auch ich mindestens dreimal hineinpasse, von den sogenannten Übergrößen habe ich sowieso die kleinste, es ist auch mehr mein großer Busen, der mich dafür prädestiniert. Leider ist das meiste nicht gerade billig. Aber ich bin ohnehin kein Modejunkie. Ich mag meine weiten Röcke und engen Pullover. Blusen finde ich lästig, wegen den Knöpfen und weil man die Dinger auch bügeln muß. Lediglich bei Dessous ist das anders. Da mag ich total die breiten Hüfthalter im 1950er Stil, am besten hautfarben und so. Ich hab' so 'nen bißchen Probleme im Bauchbereich, du verstehst«, meinte sie vertraulich zwinkernd.

Er mußte grinsen. So eine leichte Unsicherheit hätte er bei ihr nicht vermutet, aber das machte sie ihm wiederum sympathisch.

»Ach, ja, und schicke Schuhe, aber das hast du sicherlich

schon bemerkt«, sagte sie und streckte das rechte Bein aus, wobei sie den Fuß leicht drehte, was seinen Blick anzog. »Im Alltag mit niedrigen oder mittelhohen Absätzen, weil sie praktischer sind, und zu besonderen Gelegenheiten High-Heels, auf die fahre ich total ab und die Wirkung auf Männer ist irre.«

Er nickte und füllte das Sieb der Kanne mit Tee, während der Wasserkocher summte. Er hatte den Eindruck, als sei das bereits ihr x-ter Besuch bei ihm.

»Ich denke, du stehst auch auf High-Heels«, fuhr sie fort. »Männer, die Frauen bewundernd auf die Beine schauen, lieben in der Regel High-Heels.«

Beinahe wäre er erneut errötet. Er war für sie eindeutig ein offenes Buch, aber das stellte er für die meisten Frauen dar.

»Trägst du auch gerne Stiefel?« fragte er mit leicht klopfendem Herzen.

Das Wasser im Kocher begann zu brodeln.

»Ja, und gerne Overknees in allen Varianten. In Verbindung mit meinen langen Röcken wirken sie geheimnisvoll, finde ich. Ich habe auch welche, die man normalerweise mit dem Klischee der Domina verbindet. Aber die trage ich nur zu bestimmten Gelegenheiten, wie du dir denken kannst, obwohl ich sie nicht lange tragen kann, ohne selbst geil zu werden. Wenn du möchtest, ziehe ich morgen Stiefel für dich an. Natürlich mit halbhohen Absätzen.«

Das Wasser hatte gekocht. Er schüttete es übers Sieb in die Kanne, dann sah er auf die Uhr, um zu wissen, wie lange der Tee zog.

»Ja, gerne«, beeilte er sich zu versichern, während er zwei Tassen aus dem Schrank holte und auf den Tisch stellte und konnte dabei gut seine leichte Verlegenheit verbergen.

»Nimmst du Zucker?«

»Nein, nur etwas Zitrone.«

Er holte aus dem Kühlschrank eine kleine Flasche mit Zitronensaft und stellte sie auf den Tisch. Dann nahm er eine Dose mit Keksen aus dem Schrank und stellte sie geöffnet auf den Tisch.

»Es sind selbstgebackene«, pries er sie an.

»Die sehen gut aus«, sie nahm sogleich einen. »Die schmecken auch gut«, sagte sie freudig. »Ich kann nicht gut kochen und backen schon gar nicht«, gestand sie unbekümmert.

Er sah auf die Uhr. Es war Zeit, das Sieb aus der Kanne zu holen. Als er die Kanne mit dem dampfenden Tee aufs Stövchen auf dem Küchentisch stellte, aß sie bereits den dritten Keks.

»Tut mir leid«, sagte sie mit vollem Mund. »Aber ich bin leicht verfressen. Meine Rundungen kommen nicht von ungefähr. Und die Kekse sind wirklich gut.«

»Mir gefallen deine Rundungen«, lächelte er zufrieden über ihr Kompliment und schenkte erst ihr und dann sich Tee ein.

»Mir gefallen sie auch. Ich finde, an Frauen gehören Rundungen, Knochen sind was für Hunde.«

Er nickte beipflichtend und mußte über den Nachsatz lachen und sie grinste breit.

»Als ich die Tage im Zusammenhang mit Drechslers Tagebücher über Fetischismus und dergleichen gesprochen habe, konnte ich sehen, wie ein Leuchten in deine Augen getreten war, um es mal poetisch auszudrücken. Was gefällt dir denn so, außer High-Heels und Overknees?«

»Strümpfe, Leder, Lederhandschuhe.«

»Handschuhe finde ich auch toll. Sie machen aus jeder Frau eine Dame. Ich finde, zu einer Dame gehören Handschuhe. Ich besitze auch ellenbogenlange Handschuhe aus ganz weichem Leder. Und was gefällt dir sonst?«

»Puh, eigentlich alles in dem eine Frau sexy aussieht und sich so fühlt.«

»Es soll ja auch Frauen geben, die sich in ausgeleierten Sporthosen sexy fühlen, aber die meinst du sicherlich nicht«, warf sie frech lachend den Kopf in den Nacken.

Er schüttelte entschieden den Kopf und mußte bei der Vorstellung auch lachen.

»Du hast doch sicher Marmelade und Butter. Ich würde die Kekse gerne mit Marmelade und Butter probieren.«

Er holte aus dem Kühlschrank Erdbeermarmelade und Butter und aus einer Schublade ein Frühstücksbrettchen, ein Messer und einen Löffel für die Marmelade und stellte es vor sie auf den

Tisch. Sie bestrich einen Keks mit Butter und gab einen Klecks Marmelade darauf. Sie aß den Keks mit sichtlichem Genuß.

»So schmecken deine Kekse noch besser«, sagte sie, während sie auf diese Weise den nächsten vorbereitete und aß.

Er überlegte, ob er es auch versuchen sollte, verspürte aber noch keinen allzu großen Hunger. Er war noch zu aufgeregt aufgrund ihrer Gegenwart.

Sie führte den dritten Keks zum Mund, doch auf halbem Weg brach er entzwei und eine Hälfte landete mit der Marmeladenseite auf ihrem linken Fuß, der nicht auf dem Boden stand.

»Hoppla, was bin ich doch manchmal ungeschickt«, entfuhr es ihr, während sie den Teil des Kekses, den sie noch in der Hand hielt, zum Mund führte und aß.

Er schaute auf ihren Fuß. Das Keksstück wirkte auf ihrem Schuh wie eine Quaddel.

»Bist du so lieb und machst mir das weg«, bat sie ihm mit einem besonderen Blick.

Er wollte schon aufstehen und einen Lappen holen, doch dann stieg das Bild in seiner Fantasie auf, wie Bodo seiner Lizzy den Stiefel sauberleckte und daß er Marietta am vergangenen Wochenende auch die Stiefel geleckt hatte. Ihm war klar, daß Solveig es ebenfalls von ihm erwartete. Er kniete sich vor sie, nahm das Stück mit dem Mund auf, kaute kurz und schluckte es dann hinunter.

»Es klebt noch Marmelade und Butter am Leder«, sagte sie sanft tadelnd.

Er leckte beides genüßlich vom Leder.

»Du machst das ganz gut«, lobte sie, während sie einen weiteren Keks vorbereitete. »Ich denke, das genügt.«

Er richtete sich auf, blieb aber vor ihr knien. Sie lächelte ihn fröhlich an. Es war schön, ihn bereitwillig vor sich knien zu sehen. Sie aß diesen Keks, wobei sie sich lasziv über die vollen Lippen leckte. Dann bereitete sie einen weiteren Keks vor. Bevor sie ihn aß, zog sie ihren Rocksaum so weit hoch, daß ihr zartbestrumpftes, rundes Knie sichtbar wurde. Der Keks zerbrach zwar nicht, landete aber mit der Marmeladenseite auf ihrem Knie.

»Ich habe heute wirklich zwei linke Hände. Wärst du so freundlich?«

Und ob er so freundlich war! Er nahm den Keks mit dem Mund auf, kaute und schluckte ihn hinunter und leckte ihr die Reste vom Knie, wobei er den zarten Stoff mit seinem Speichel naßmachte. Dabei vergaß er, daß er ihr ja ›nur‹ die Marmelade und die Butter ablecken sollte.

Plötzlich fühlte er ihren festen Griff im Nacken. Für ihn leicht schmerzhaft zog sie ihn von ihrem Knie weg und zwang ihn, sie anzusehen.

»Ich habe nur etwas davon gesagt, daß du mir die Marmelade von der Strumpfhose mit dem Mund entfernen sollst. Ich habe dir nicht erlaubt, sie mir zu lecken. Haben wir uns verstanden?«

Er nickte und schmolz unter ihrem strengen Blick förmlich dahin. Nicht einmal Marietta erreichte diese Wirkung bei ihm, aber sie war in erster Linie Fetischistin und kaum dominant. Und von einer Frau in Solveigs Alter dominiert zu werden, besaß noch eine ganz andere Qualität. Da fühlte er sich gleich als ›alternder‹ Mann, der den Reizen einer jungen Frau erlag und der es ein sadistisches Vergnügen bereitete, den Wahn, den er in seinem Johannistrieb entwickelte, bis zum Äußersten auszunutzen, wobei es ihm unmöglich schien, sich aus ihren ›Fängen‹ zu befreien.

»Wenn du das noch einmal ohne meine Erlaubnis machst, wirst du die Konsequenzen zu spüren bekommen. Haben wir uns verstanden!«

Er nickte erneut und sie ließ ihn los. Sie trank den Rest von ihrem Tee.

»Ich hatte einen anstrengenden Tag und mir brennen daher die Füße. Da du bei einer Frau auf Strümpfe, High-Heels und Overknees stehst, verstehst du dich sicherlich auch auf Fußmassage. Nur für einen Mann, der sich darauf versteht, zieht eine Frau gerne High-Heels an.«

Er nickte, wenn er wollte, daß sie für ihn High-Heels anzog, mußte er jetzt sein Bestes geben. Sie legte ihm zuerst den linken Fuß in den Schoß. Er zog ihr den Schuh aus und legte ihn neben sich auf den Boden. Bevor er mit der Massage begann, bewunderte er ihren Fuß. Bisher hatte er ihre Füße ja nur aus der ›Ferne‹ gesehen.

Ihre Füße waren noch etwas schöner als Mariettas und ebenso gepflegt. Bevor sie ungeduldig wurde, begann er mit der Massage. Schon nach kurzer Zeit schnurrte sie wie eine große zufriedene Katze. Sie legte den Kopf in den Nacken und schloß die Augen. Wenn er mit den Händen bei ihren Füßen schon so angenehme Gefühle erzeugen konnte, wie war es dann erst an anderen Stellen ihres Körpers?

Eine wohlige angenehme Wärme strömte von den Füßen ausgehend an den Beinen hinauf und verursachte in ihrem Schoß das angenehme Gefühl einer beginnenden sexuellen Erregung. Sie wollte es zwar noch nicht so früh, aber letztlich es war auch gleich. Es war schon eine ganze Weile her, seit ihr das letzte Mal derart gut die Füße massiert wurden.

»Und jetzt den anderen.«

Er zog ihr den Schuh wieder an und widmete sich ihrem anderen Fuß. Sie goß sich eine weitere Tasse Tee ein und aß noch einige Kekse. Im Augenblick fühlte sie sich wie eine Fürstin, die von ihrem schmucken Diener verwöhnt wurde. Dabei überlegte sie, was sie als nächstes machen könnte, um ihnen beiden einen schönen Abend zu bereiten, und um den Augenblick, wann er ihr den Schwanz in ihre bereitwillige Möse einführte, hinauszuzögern, um die Vorfreude daran möglichst lange zu genießen.

»Das genügt. Ich werde es mir jetzt auf deiner Couch bequem machen und du folgst mit meiner Tasse, den Keksen und dem Rest.«

Nachdem er ihr auch den anderen Schuh wieder angezogen hatte, stand sie auf und schritt erhobenen Hauptes wie eine Diva mit betörend wiegenden Hüften ins Wohnzimmer, wo sie sich seitlich mit angewinkelten Beinen auf der Couch mehr drapierte als setzte.

Er fand ihren Anblick hinreißend und stellte das Tablett, auf dem er Tee und Kekse transportiert hatte, auf dem Couchtisch ab.

»So, und jetzt ziehst du dich aus. Ein nackter Diener gegenüber einer bekleideten Dame betont die Hierarchie.«

Er zögerte einen Moment nicht nur aus Schamhaftigkeit, sondern weil sie im Augenblick so wenig von der hübschen jungen Frau aus der Bibliothek an sich hatte, dafür viel mehr von einer Frau, deren Wünsche er nur zu gerne erfüllen wollte.

»Was ist? Brauchst du eine schriftliche Einladung?«

»Äh, nein«, beeilte er sich und zog sich aus. Die Kleider legte er ordentlich auf einen Sessel.

Innerlich beobachtete sie ihm amüsiert. Das war nur eine schwache Retourkutsche dafür, daß er sie beim Onanieren beobachtet hatte. Es reizte sie schon, ihn anzuweisen, nun vor ihren Augen zu onanieren. Da sie miteinander noch nie in einer derart intimen Situation waren, würde es ihm sicherlich schwerfallen, so wie sie ihn einschätzte.

Als er nackt und etwas verunsichert vor ihr stand, entfuhr ihr ein leicht erstaunter Ausruf. Er hatte zwar nur eine leichte Erektion, aber es ließ bereits ahnen, wie sein Schwanz in voller Schönheit wirkte. Sie mußte ein wohliges Schnurren unterdrücken. Sie stand auf große dicke Schwänze. Dieser Bibliotheksleiter war immer für eine Überraschung gut. Und wahrscheinlich wußte er ihn auch noch zu gebrauchen. Sie spürte, wie ihre Lubrikation stärker wurde.

»Schön, schön. Als Zuchthengst scheinst du gut tauglich zu sein. Und jetzt setzt du dich zu meinen Füßen und reichst mir meine Tasse. Du bist demnach nicht nur Fetischist, sondern besitzt auch sadomasochistische Neigungen«, bemerkte sie zufrieden, als er zu ihren Füßen saß und sie ihre Tasse in der Hand hielt. »Ich vermute, daß du schon länger keine Herrin mehr hattest.«

Er berichtete ihr von Marietta und der polyamoren Beziehung, die sie mit ihrem Mann pflegte.

»Polyamorie ist etwas, was ich mir auch für mich vorstellen kann. Leider bin ich bisher nicht über eine Beziehung zur selben Zeit hinausgekommen, wobei die auch nichts mit Polyamorie anfangen konnten. Deine Marietta steht also auf Leder, Stiefel und Handschuhe. Demnach hättest du nichts dagegen, wenn ich auch Leder, Stiefel und Handschuhe trage, nehme ich einmal an.« Sie grinste ihn breit an.

Er nickte eifrig.

»Es ist ganz schön warm bei dir«, bemerkte sie und zog den Pullover und den BH, den sie heute darunter trug, aus.

Beim Anblick ihres nackten Busens, der für seine Größe nur wenig der Schwerkraft folgte, trat etwas unübersehbar Lüsternes in seine Augen, was sie mit einem Schmunzeln registrierte.

»Würde es dir viel ausmachen, wenn ich bis auf Dominastiefel und lange Handschuhe aus weichem Leder nackt bin?« fragte sie recht scheinheilig.

Er schüttelte entschieden den Kopf. Bei dem Gedanken bekam er unwillkürlich eine vollständige Erektion.

»Du bist ja spitz wie Nachbars Lumpi! Dagegen müssen wir etwas tun. Du holst jetzt Gummihandschuhe und Gleitgel.«

Während er das geforderte holte, setzte sie sich auf die gewöhnliche Weise auf die Couch und spreizte die Beine leicht. Er kam mit den Handschuhen, die sie in der Küche bei der Spüle gesehen hatte und einer Tube Gleitgel auf Silikonbasis zurück und reichte ihr es. Sie stellte die Tube auf dem Tisch ab und zog die Handschuhe an, die ihr mindestens eine Nummer zu groß, wobei sie für eine Frau relativ große Hände besaß.

»Stelle dich mal vor mich.«

Er trat dicht vor sie. Ihm war klar, was sie plante. Schließlich gab es ja nicht viele Möglichkeiten. Sie nahm seinen steifen Schwanz in ihre gummibehandschuhte Rechte, wobei er leicht zuckte, und schob ihm die Vorhaut langsam zurück, dabei quoll ein dicker öliger Tropfen hervor. Sie trug die Gummihandschuhe nicht nur, um ihm das Gefühl zu vermitteln, etwas rein Mechanisches an ihm zu verrichten, sondern weil sie tatsächlich gerne welche trug, wenn sie einen Mann masturbierte. Mit der Linken kraulte sie ihm die Hoden.

»Du hast einen schönen großen dicken und geraden Schwanz. Es gibt längere, keine Frage, aber selten sind sie auch so schön«, sagte sie im Tonfall der Bewunderin. »Ich stehe auf große dicke Schwänze und nicht nur, weil sie einen so schön ausfüllen. Ich finde, sie passen zu einem so mütterlichen Busen wie meinem.«

Er nickte. Ihm ging jede ihrer Liebkosungen bis ins Mark. Sie tat ein Klecks Gleitgel auf seine Eichel und verrieb es darauf mit der Hand. Sie wiederholte es zweimal, bis ihr Handschuh und seine Eichel voll Gel waren und massierte ihn nun intensiver, während sie mit der anderen Hand seine Hoden kraulte. Er schnurrte mehrmals wohlig. Sie verstand es mindestens so gut wie Marietta, einen Mann zu masturbieren. »Weißt du, ich masturbiere gerne einen Mann und trage meist Gummihandschuhe dabei. Das gibt nicht so klebrige Hände und man muß sich nicht das Gleitgel abwaschen, was bei manchen Gels ziemlich lange dauert.« Sie erklärte es so nüchtern, als handle es sich um einen gewöhnlichen technischen Vorgang, der keinerlei Emotionen bei ihr auslöste, dabei sprachen ihre leicht geröteten Wangen und ein besonderes Leuchten in ihren Augen für sich.

Er nickte nur, bemüht, den Orgasmus so lange als möglich hinauszuzögern, obwohl er wußte, daß es bei der Art, wie sie ihn massierte mit der eigenen Kontrolle nicht mehr weit her war. Er traute ihr zu, ihn auch zum Orgasmus zu bringen, wenn er meinte, daß es nicht mehr ging. Sein starkes Begehren nach ihr, ließ ihn spüren, daß er bald kommen würde.

»Komm, halte es nicht zurück, spritze mir ruhig alles über die Brüste. Komm, spritz' mich voll. Ich will sehen, wie du kommst. Spritz' mich voll, mein Junge« Sie feuerte ihn richtig an.

Sein Atem wurde heftiger, sein Stöhnen lauter. Er wollte kommen und spürte, daß es ihm auch unmöglich war, sich zurückzuhalten, weil es ausschließlich in ihrer Hand lag.

»Ja, so ist es brav. Du spritzt ganz schön heftig«, lobte sie, als er schließlich ejakulierte und alles auf ihren Brüsten landete. Sie massierte ihn, bis nichts mehr kam.

»Du holst etwas, mit dem ich mir die Hände abwischen kann, dann wäschst du deinen Schwanz, ziehst dich wieder an und kochst mir etwas. Ich habe Hunger.«

»Was möchtest du denn?«

»Nichts, was Aufwand bedeutet, du kannst auch ruhig etwas aufwärmen.«

Er kehrte mir einer Rolle Küchenpapier zurück. Sie riß zwei Blätter ab und wischte sich das Gleitgel von den Handschuhen, bevor sie sie auszog und schließlich auch sein Sperma von den Brüsten. Er ging ins Bad und reinigte seinen Schwanz, der seine Erektion nur langsam verlor. Als er wieder ins Wohnzimmer kam und seine Sachen zu holen, zog sie bereits BH und Pullover wieder an.

Kaum waren sie wieder manierlich gekleidet, wie sie später scherzhaft sagte, legte sie die Arme um ihn und gab ihm einen zärtlichen Kuß auf den Mund.

»Unser kleines Spiel hat mir viel Spaß gemacht. Du bist wirklich gut in Fußmassage. Du mußt nichts kochen, das habe ich nur so gesagt. Wir können auch irgendwo eine Pizza essen. Bist du nur devot oder auch ein bißchen maso?«

»Eigentlich nur devot«, erwiderte er vorsichtig, überglücklich, sie in den Armen zu halten. Sie fühlte sich sehr gut an.

»Das gefällt mir, mir macht Schlagen an sich nicht so viel Spaß, das ist mir zu sehr Sport. Was aber nicht heißt, daß ich es nicht gelegentlich anwende, um renitente Subbies in ihre Schranken zu verweisen«, drohte sie spielerisch.

Er mußte unwillkürlich lachen.

»Ja, jetzt lachst du noch, aber warte ab. Was ist, lädst du mich zu einer Pizza ein? Anschließend darfst du mich auch ficken. Ach, was heißt, darfst! Du *mußt*, alles andere wäre unhöflich einer Dame gegenüber. Ich bin ja noch nicht richtig auf meine Kosten gekommen. Das Ganze ist ja auch an mir nicht spurlos vorübergegangen. Ich habe ein richtiges Feuchtbiotop zwischen den Beinen.«

»Klar lade ich dich zu einer Pizza ein. Nicht weit von hier ist eine gute Pizzeria.«

14.

Arne lag noch lange wach. Solveig hatte sich wie eine rundherum zufriedene Katze an ihn gekuschelt und schlief tief und fest, gelegentlich wohlig schnurrend. Es war schön, ihren etwas üppigen, warmen, leicht verschwitzten Körper an seinem zu spüren. Ihre Vermutung, daß er nicht nur Füße, sondern auch eine Möse zu massieren verstand, hatte sich bestätigt. Er hatte sie sogar seit langem wieder zum Ejakulieren zu gebracht, weshalb jetzt ein Laken mehr in seinem Wäschekorb lag. Und seinen Schwanz wußte er auch zu gebrauchen, so ausgefüllt hatte sie sich schon länger nicht mehr gefühlt. An diesem Tag hatte sich so viel ereignet, daß er das Gefühl hatte, er wäre das letzte Mal vor Tagen in der Bibliothek gewesen. Schließlich schlief auch er ein.

Als er am Morgen erwachte, sah er in ihr frisches fröhliches Gesicht. Sie war bereits angezogen und zum Gehen bereit. Er hatte gar nicht bemerkt, wie sie aufgestanden war.

»Ich mache mich auf den Weg. Wir sehen uns ja später in der Bibliothek. Du bist total super im Bett«, sagte sie euphorisch und drückte ihm einen doch eher schwesterlichen Kuß auf die Stirn.

Bevor er etwas erwidern konnte, war sie schon aus dem Schlafzimmer und kurz darauf hörte er, wie sie seine Wohnungstür zuzog und fröhlich die Treppe hinunterlief.

Sie hätte ruhig noch mit ihm frühstücken können, fand er leicht enttäuscht. Ihr Kompliment über seine Fähigkeiten als Liebhaber hob aber seine Stimmung. Doch noch mehr als der Sex mit ihr, hatte ihm das kleine ›Spiel‹ davor gefallen, das sie spontan mit ihm gemacht hatte.

Er sah auf die Uhr. Er hatte noch über zwei Stunden Zeit bis er in der Bibliothek sein mußte. Verschlafen stand er auf, machte lediglich Katzenwäsche, er wollte ihren Geruch am Körper behalten. Da alle Handtücher trocken waren, schien auch sie nicht geduscht zu haben, was ihm gefiel. Menschen, die nach dem Sex nichts Eiligeres zu tun hatten, als zu duschen waren ihm unangenehm. Marietta besaß auch kein Verständnis dafür. Für sie war es, als wolle man sich vom soeben Erlebten reinwaschen, als sei Sex an sich etwas Schmutziges. Das war mindestens so schlimm, wie sich vor dem Küssen die Zähne zu putzen, oder ein Mundspray oder etwas in der Richtung zu benutzen, dann schon eher ein Pfefferminz lutschen oder einen Kaugummi.

Sein Blick fiel auf den Wäschekorb, aus dem ein Zipfel des Lakens hervorschaute, auf das sie beim Orgasmus ejakuliert hatte. Er holte es heraus und roch an der immer noch feuchten Stelle, worauf ihn ein wohliges Gefühl durchströmte und er schon wieder Lust auf sie bekam.

Mit dem üblichen verträumten Ausdruck eines Menschen, der kurz zuvor erfüllten Sex hatte, kam er in der Bibliothek an. Frau Werner schmunzelte zufrieden in sich hinein, verhielt sich ihm gegenüber aber, als wäre nichts Besonderes.

Er saß im ›Aquarium‹, war mit den Gedanken entrückt und vollführte die wenigen täglichen Routineaufgaben, ohne daß es ihm bewußt war. Zu der Zeit, zu der Solveig gewöhnlich eintraf, sah er in kurzen Abständen in den Lesesaal. Sein Herz schlug in freudiger Erwartung immer schneller und er stellte sich vor, daß sie wie eine verliebte Pubertierende sogleich in sein Büro stürmen und ihn freudig umarmen, oder er aus dem ›Aquarium‹ lief und das mit ihr machte. Als sie noch nicht einmal eine viertel Stunde über ihrer gewöhnlichen Zeit war, wurde er langsam nervös. Als aus der viertel eine halbe Stunde wurde, machte er sich bereits Sorgen und ihm fiel ein, daß er ja gar nicht ihre Telefonnummer besaß. Er hatte überhaupt nicht daran gedacht, sie sich geben zu lassen. Er spielte voller Unruhe mit einem Bleistift und rutschte auf seinem Stuhl hin und her, als hätte darunter jemand ein Feuerchen angezündet. Als er sie mit mehr als einer dreiviertel Stunde ›Verspätung‹ in den Lesesaal kommen sah, ging sie nicht sogleich zu ihm, sondern zu Frau Werner, die sie herzlich begrüßte. Sie stellte ihre Umhängetasche und ihre Laptoptasche auf den Tisch und plauderte angeregt mit ihr. Frau Werner lächelte, nickte mehrmals, lachte auch zweimal herzlich. Er empfand einen Anflug von Eifersucht auf seine Kollegin. Als

Solveig ihre Tasche wieder über die Schulter hängte und die Laptoptasche in die Hand nahm, sah sie zum ›Aquarium‹ hin, winkte ihm wie in den letzten Tagen kurz zu, wenn vielleicht auch mit einem herzlicheren Lächeln und ging nach oben, als hätte es den gestrigen Nachtmittag und die Nacht nicht gegeben. Ihm fiel nur noch auf, daß sie einen anderen Rock und Pullover und hellbraune Stiefel mit halbhohem Blockabsatz trug.

Enttäuschung befiel ihn, weil seine romantische Vorstellung nicht einmal im Ansatz Widerhall in der Realität gefunden hatte. Er sah zu Frau Werner hinüber, die irgend etwas in einem Verzeichnis notierte. Bevor er in den Schmollmodus eines Pubertierenden verfallen konnte, ging er nach oben. Er war so in seine Gedanken vertieft, daß er nicht den amüsierten Blick bemerkte, mit dem seine Kollegin ihn bedachte.

Solveig summte aufgekratzt vor sich hin. Sie hatte bereits alles zum Arbeiten vorbereitet und sortierte die Arbeitskopien der Tagebücher. Kaum bemerkte sie ihn, ließ sie die Blätter, die sie noch in der Hand hatte, auf den Tisch fallen, lief freudestrahlend auf ihn zu und umarmte ihn so stürmisch, wie er es sich in seinem Tagtraum vorgestellt hatte. Nachdem sie ihm einen dicken Kuß auf dem Mund gedrückt, trat sie einen Schritt zurück, hob den Rocksaum bis weit über die Knie.

»Siehst du, ich habe mir Overknees für dich angezogen«, rief sie fröhlich aus und zeigte sie ihm von allen Seiten.

Sie waren chic und sexy zugleich, wie er fand und sagte es ihr auch.

Nachdem sie ihm ausgiebig Gelegenheit gegeben hatte, sich daran zu weiden, umarmte sie ihn erneut. Diesmal gab sie ihm auch die Möglichkeit, ihre Umarmung zu erwidern. Sie legte den Kopf an seine Schulter und schmiegte sich zufrieden an ihn. Er hätte sie am liebsten nicht mehr losgelassen.

»Gehen wir heute abend essen«, fragte er.

Sie sah ihn sichtlich bedauernd an.

»Heute abend geht leider nicht. Ich bin mit einer Freundin verabredet.«

Er versuchte nicht allzu enttäuscht auszusehen, was ihm anscheinend gelang.

Sanft aber bestimmt löste sie sich aus seinen Armen.

»Ich will noch etwas arbeiten.«

Er nickte verstehend. Daß sie eine ehrgeizige junge Frau war, wußte er schon seit ihrer ersten Begegnung.

»Ach, ich habe ja deine Mobilnummer noch nicht«, rief sie ihm nach.

Er nannte sie ihr und sie gab sie gleich unter den Kontakten ein.

Als er wieder im ›Aquarium‹ war, zeigte ihm sein auf dem Schreibtisch liegendes Smartphone eine eingegangene Nachricht an. Sie war von ihr.

Ich freue mich schon total darauf, deine geschickten Finger wieder zu spüren!

Es ist auch so schön, dich abspritzen zu sehen.

Das glaube ich gerne. Aber ich sehe dich auch gerne abspritzen. :-D

Ich fände es schön, wenn du dabei deine Overknees trägst.

Es ist auch schön, sie dabei zu tragen. Aber jetzt muß ich arbeiten.

Er legte das Smartphone auf den Tisch zurück und gab sich angenehmen Erinnerungen und noch angenehmeren Zukunftsaussichten hin. Unter anderem, wie sie den Rock hochschob, sich auf die Tischkante setzte, er in sie eindrang und sie die Beine in ihren herrlichen Overknees um ihn schloß.

Erst am frühen Nachmittag brach die Sonne durch die dichten Wolken und brachte Wärme mit sich. Kurz darauf sah er Solveig mit übereinandergeschlagenen Beinen auf der Bank mit ihren Arbeitskopien und ihrem Spiralblock sitzen. Er ging hinaus. Als sie sah, zog sie ihren Rocksaum so weit hoch, daß er ihre Overknees erneut in voller Schönheit bewundern konnte. Sie plauderten angeregt über Drechslers Tagebücher.

Als er sich verabschiedete, um sie ungestört weiterarbeiten

zu lassen, umfaßte sie sein rechtes Handgelenk mit ihrer Rechten so fest, daß ihre kurzen Nägel schmerzhaft in seine Haut drückten und sah ihn mit demselben strengen Blick an, mit dem sie ihr gestriges Spiel in der Küche eingeleitet hatte, was in ihm erneut eine ganz besondere Saite zum Klingen brachte.

»Noch etwas, dir es ist es verboten zu wichsen, bis du mich das nächste Mal ficken mußt. Ich will, daß du dein Sperma für mich aufbewahrst. Das hat nichts mit Keuschhaltung zu tun, falls du das annimmst. Die einzige Ausnahme, die ich akzeptiere, ist, daß deine Marietta zwischenzeitlich Anspruch auf dein Sperma erhebt.«

Dann ließ sie sein Handgelenk los, nahm ihre Kopien wieder zur Hand und verhielt sich, als sei nichts gewesen.

Nachdenklich ging er ins Haus zurück. Nicht daß ihm ihre Anweisung nicht gefiel, aber sie hatte ihm bewußt gemacht, daß es ja noch Marietta in seinem Leben gab und Solveig offenbar nicht daran dachte, sie aus seinem Leben zu drängen.

Am Abend fühlte er sich ziemlich allein in seiner Wohnung. Nicht nur deswegen rief er Marietta an, sondern auch um mit ihr über Solveig zu reden. Mit Holger konnte er ja nicht wirklich über Liebesdinge reden, außerdem gab es ja immer noch den zu schreibenden Artikel.

»Das war wieder mal klar, daß die Frau bei dir die Entscheidung treffen muß«, lachte sie dreckig, weshalb er pikiert einen Schmollmund zog. »Aber wahrscheinlich wären wir gar nicht an dir interessiert, wärst du nicht wie du bist. Um ihre Anweisung für dich zu ergänzen; ich verzichte so lange auf dein Sperma, bis du es ihr gegeben hast.«

Ihm war ihre Entscheidung ganz lieb, im Augenblick wollte er nur mit Solveig Sex und hätte sich wahrscheinlich nicht auf sie konzentrieren können.

Er hoffte darauf, Solveig am nächsten Abend zu sehen, doch den hatte sie ebenso anderweitig verplant. Es gelang ihm erneut, seine Enttäuschung zu verbergen und erzählte ihr von seinem Gespräch mit Marietta. Solveig wollte sie unbedingt kennenlernen. Diesmal trug sie flache Overknees aus dunkelblauem, handschuhweichem Leder. Sie erlaubte ihm, sie zu berühren, während er zu ihren Füßen saß.

15.

Gänzlich damit beschäftigt, ob Solveig diesen Abend nicht auch verplant hatte und er bei einer erneuten Absage seine Enttäuschung nicht mehr so leicht verbergen könnte, weil er sie unbedingt sehen wollte, da er fand, daß, wenn sie mit ihm zusammensein wollte, sich auch für ihn Zeit zu nehmen hatte, dabei vor sich selbst verbergend, daß er vor allem geil auf sie war und sie beim Schlafen dicht bei sich spüren wollte, betrat er die Bibliothek. Daher fiel ihm Frau Werners über die Knie reichender enger brauner Rock aus einem glatten, satinähnlichen Stoff und die eleganten hochhackigen braunen Stiefel nicht auf, obwohl sie nur selten welche mit hohen Absätzen bei der Arbeit trug. Daß sie heute etwas auffälliger geschminkt war und ihre Nägel in einem dunklen Rot lackiert hatte, entging ihm ebenso. Aber noch mehr entging ihm das schelmische Lächeln mit dem sie ihn begrüßte.

Er hatte sich daran gewöhnt, daß Solveig zuerst mit ihr plauderte und ihm nur kurz zuwinkte, bevor sie nach oben ging. Offenbar fielen ihr leidenschaftliche Gesten in Gegenwart anderer schwer, zumindest war das seine Lesart.

Er wartete die übliche viertel Stunde Zeit ab, bevor er ihr folgte. Er freute sich schon auf ihre leidenschaftliche Umarmung, wie an den beiden zurückliegenden Tagen, sobald sie ihn sah, würde ihre körperliche Nähe spüren und sich vielleicht wieder zu ihren Füßen setzten dürfen, während sie miteinander plauderten.

Als sie ihn sah, lief sie nicht freudig auf ihn zu. Überhaupt war einiges anders. Ihre Umhängetasche und die Laptoptasche lagen zwar auf dem Tisch, aber sie hatte noch nichts zum Arbeiten vorbereitet. Sie stand nur da und musterte ihn mißlaunig.

Ihm war vorhin aus dem ›Aquarium‹ heraus nicht wirklich aufgefallen, daß sie keinen ihrer fröhlich bunten, weiten Röcke trug, dafür hatte er zu sehr auf ihr Gesicht und ihren mütterlichen Busen geachtet, sondern einen engen, wadenlangen seitlich hochgeschlitzten schwarzen aus weichem Leder, der ihre breiten Hüften aufs betörendste betonte, einen engen weißen Pullover aus weichem Stoff, der die Größe und Schwere ihres Busens noch mehr hervorhob als ihre üblichen und ihm beinahe einen sehnsuchtsvollen Seufzer entlockte, und ellenbogenlange schwarze Lederhandschuhe. Sie hatte das rechte Bein vorgestellt. Durch den Schlitz des Rocks waren die hoch hinauf reichenden Schäfte ihrer hochhackigen schwarzen Stiefel aus feinem Leder zu sehen, die sich wie ein Handschuh um ihre muskulösen Schenkel schmiegten. In den Händen hielt sie eine kurze Reitgerte. Das Haar hatte sie streng nach hinten frisiert und mit einer Spange fixiert. Hatte sie es beim Betreten des Lesesaals nicht wie üblich offen getragen? Zum ersten Mal, seit er sie kannte, hatte sie die Augen mit einem Kajalstift umrandet, was ihr etwas Strenges und zugleich Verwegenes gab und sie in seinen Augen noch schöner wirkte, worauf sein Herz schneller schlug.

Ihr Blick schüchterte ihn ein, er traute sich nicht, sie zu umarmen und blieb unschlüssig stehen.

»Für jemanden, der total scharf auf mich ist, hast du dir aber ganz schön Zeit gelassen. Gestern und vor allem vorgestern warst du schneller heraufgekommen. Nachdem du mich am Dienstag gefickt hast, als hättest du seit Jahren keine Frau mehr gehabt und würdest in den nächsten Jahren auch keine mehr haben, viel hätte nicht gefehlt und ich wäre wund geworden, wobei es mir ja gefällt und ich es auch erwartete, daß ein Mann sich so mir gegenüber verhält, erscheint mir das schon merkwürdig, um es höflich zu formulieren. Solltest du meiner etwa schon überdrüssig sein? Ich habe ohnehin langsam den Eindruck, daß deine Leidenschaft für mich, wenn schon nicht gespielt, so doch eher ein typisches Strohfeuer ist, das seine Kraft bereits zu verlieren begann, nachdem du mich flachlegen konntest. Sollte es dir am Ende nur darum gegangen sein, es dieser hübschen großbusigen naturgeilen Schwarzhaarigen mal so richtig mit deinem großen dicken Schwanz zu besorgen? So einer sieht man schließlich so etwas auf hundert Meter an, allein schon wie die ihren Busen zur Schau stellt, das hast du doch sicherlich gedacht? Ich kenne euch Männer doch zur Genüge! Gestern und vorgestern hast du es einfach so hingenommen, daß ich deine Einladung zu einem gemeinsamen Abend abgelehnt habe, weil ich schon etwas anderes vorhatte. Du hast nicht einmal den Versuch unternommen, mich zu überzeugen, meine Verabredung für dich abzusagen. Du scheinst auch nicht auf den Gedanken zu kommen, daß ich Ausflüchte gebrauchen könnte, um dich auf die Probe zu stellen. Meinst du denn, eine Frau, die etwas auf sich hält, geht so einfach mit einem Mann mit, mit dem sie zwar einen supergeilen Fick hatte, der anschließend aber nichts unternimmt, um ihr zu beweisen, daß sie ihm mehr bedeutet, als nur ein solcher? Wobei ich überzeugt bin, ebenfalls ein fantastischer Fick für jeden Mann zu sein. Stattdessen reagierst du wie ein geprügelter Hund, der sich ergeben in sein Schicksal fügt. Nun, vorgestern hatte ich noch leichtes Verständnis dafür, aber gestern grenzte es für mich fast schon an Beleidigung! Was soll ich mit einem Stecher, der duldsam darauf wartet, daß er einige Brosamen abbekommt. Ich bin eine Vollblutfrau, ich brauche Leidenschaft und will das von einem Mann auch hören! Statt von einem Hengst mit einem großen dicken Schwanz gefickt zu werden, mußte ich mehrmals wichsen, um meine aufgestaute Geilheit loszuwerden.« Jedes ihrer Worte wirkte schneidend auf ihn. Sie verhielt sich, als habe er ihr den schlimmsten Tort angetan, den man sich vorstellen konnte. Dabei hatte er sie nicht gedrängt, ihre Verabredungen abzusagen, weil er sich nicht aufdrängen wollte und ihr Freiräume lassen, daß das offenkundig keine gute Taktik war, hätte er im voraus wissen können, schließlich hatte Marietta ihm noch vor wenigen Tagen etwas Ähnliches gesagt.

»Ich …«, wollte er sich rechtfertigen, doch sie schnitt ihm mit einer Geste das Wort ab, als wollte sie ihn mit der Gerte schlagen.

»Spare dir deine halbgaren Entschuldigungen. Ich hoffe wenigstens, du hast meine Anweisungen befolgt und nicht gewichst, unabhängig davon, daß ich mir nicht vorstellen kann, wie ein Mann, der die Möglichkeit besitzt, mich regelmäßig durchzuficken und mir in die Fotze zu spritzen, überhaupt ans Wichsen denken kann. Unabhängig vom Ficken muß es doch deiner männlichen Eitelkeit, deinem Jagdinstinkt schmeicheln, eine Frau wie mich in der Öffentlichkeit als Trophäe zu präsentieren. Ihr Männer definiert doch euren Status über Frauen wie mich. Und was ist mit dem Reiz, eine Frau wie mich beim Schlafen im Bett neben sich zu haben?«

Er sank noch etwas mehr in sich zusammen und senkte den Blick.

Sie schritt gravitätisch vor ihm auf und ab und ließ ihn nicht aus den Augen. Sie ging sicher und elegant auf ihren hohen Absätzen und wiegte lasziv die Hüften. Sie fühlte sich sichtlich in ihrer Aufmachung und ihrer Rolle wohl. Oder war es gar keine Rolle, sondern die echte Solveig, die sich aufgrund gesellschaftlicher Konventionen nur unter bestimmten Situationen geben konnte, wie sie war? Sie entsprach so sehr seiner Wunschvorstellung einer jungen dominanten Frau, daß er tatsächlich sprachlos war.

»Du schickst mir auch keine obszönen Bilder, wie es Männer tun, die auf eine Frau scharf sind, dabei schaue ich mir gerne welche an, du wünschst dir nicht mal welche von mir, dabei schicke ich einem Mann, den ich mag, gerne welche von meiner Fotze, aber du schreibst mir ja noch nicht einmal gewöhnliche Textnachrichten, wie es jeder verliebte Teenie tut. Nachdem, was wir am Dienstag gemacht haben, ging ich davon aus, daß du noch mehr an einer Herrin als einer Fickbekanntschaft interessiert bist. Du solltest eigentlich wissen, daß man sich um eine Herrin noch mehr bemühen muß als um eine gewöhnliche Fickbekanntschaft. Unter diesem Gesichtspunkt ist dein Verhalten der letzten Tage also noch erbärmlicher.«

Er fühlte sich angenehm unwohl bei ihren Vorwürfen, die zum Teil schließlich berechtigt waren, er hätte insbesondere gestern beharrlicher sein sollen. Wenn er es recht bedachte, konnte sie von seiner Seite durchaus mehr Initiative erwarten. Er nahm sie ja nicht einmal aus einem spontanen Bedürfnis heraus in den Arm, sondern wartete meist, bis sie ihm unmißverständlich signalisierte, daß er das tun sollte oder ihn gleich von sich aus umarmte.

Sie blieb vor ihm stehen, legte ihm die Spitze der Gerte unters Kinn und übte damit einen leichten Druck aus, damit er den Kopf hob.

»Siehe mich an, wenn ich mit dir rede!«

Er hob den Blick und sah ihr in die Augen. Er glaubte ein diabolisches Glitzern darin zu erkennen.

»Als Fetischist und Voyeur bist du doch ein Augenmensch und daher sollte es für dich das höchste Vergnügen sein, mich anzusehen und mich mit den Augen zu verschlingen, so wie ich gekleidet bin. Ich trage kein Höschen, was ich so gut wie nie tue, wie du weißt, keinen BH und auch keine Strümpfe in meinen Stiefeln. Ich liebe es, wenn mein Fußschweiß ins Leder einzieht. Bisher konntest du den Blick nicht von meinem mütterlichen Busen lassen. Wenn ich daran denke, wie ausgiebig du dich ihm gewidmet hast, als du mich Dienstagnacht gefickt hast!« Ein wohliger Seufzer entfloh ihrem Mund, um den sich ein spöttisches Lächeln spielte. »Aus mir läuft es schon heraus, weil ich seit Dienstag nicht mehr gefickt habe, daran ändert auch das Wichsen nichts. Ich weiß, daß du mich vor allem wegen meines Körpers begehrst, aber das will ich ja auch! Ich will nicht nur meines Verstandes wegen begehrt werden! Männer, die eine Frau nur deswegen begehren, sind in meinen Augen verlogen, denn auch sie wollen letztlich nur ficken. Ich habe nun einmal einen Körper, der Männern und auch bestimmten Frauen feuchte Träume beschert. Große Brüste und ausladende Hüften sind schließlich *die* weiblichen visuellen sexuellen Reize überhaupt! Ich weiß, daß du jetzt am liebsten meine großen Brüste in die Hände nehmen würdest, sie massieren, deinen Kopf zwischen ihnen vergraben, an den Nippeln lecken und saugen, oder daß ich mit ihnen über deinen Körper streife. Aber was machst du? Du stehst hier steif herum, verhältst dich wie ein geprügelter Hund. Dabei gibt es nur eins, was bei dir steif sein sollte. Mal schauen, ob sich das an dir wenigstens so verhält, wie ich es erwarte.«

Sie legte ihm ungeniert die Rechte in den Schritt und packte leicht zu. Er hielt den Atem an. Ihm war bewußt, daß sie jederzeit den Druck verstärken könnte und ihn somit in die Knie zwingen und noch mehr. Ihr Lächeln ließ ihn vermuten, daß sie mit dem Gedanken spielte, was wiederum dafür sorgte, daß sein Schwanz langsam aber spürbar anschwoll.

»Also, zumindest in dieser Hinsicht ist bei dir alles in Ordnung«, stellte sie zufrieden fest. »Ich denke, das Wissen, daß ich den Druck nur verstärken muß, damit dein Schwanz ganz klein wird und du in die Knie gehst vor Schmerzen, steigert deine Geilheit. Überhaupt sind wir hier oben ja ungestört, deine Schreie wird niemand hören. Aber du brauchst nicht zu fürchten, daß ich dich irgendwie irreparabel beschädige, schließlich weiß ich, daß man sein Spielzeug nicht kaputt macht. Und für mich bist du ein schönes Spielzeug. Doch das bedeutet auch nicht, daß ich dich wie ein rohes Ei behandele. Männer halten verdammt viel aus, mehr als sie jedenfalls glauben. Ich spiele gerne mit versponnenen Intellektuellen wie dir. Man soll nicht glauben, wie gut sie mitunter als Beschäler sind. Aber sie sind leider oft auch zu höflich und respektvoll einer Frau gegenüber und daher glücklicherweise auch nur bedingt in der Lage, sich den Wünschen und Bedürfnissen einer entschlossenen Frau zu widersetzen, so wie du. Ich könnte die abartigsten Dinge von dir verlangen, nur um mich an deinem Ekel zu weiden und meine sexuelle Lust daraus zu ziehen und du würdest es bereitwillig tun, nur um mich glücklich zu sehen. Die wenigsten Männer können sich wirklich vorstellen, an welchen Perversitäten Frauen gefallen finden können, welche Abgründe sexuelle weibliche Fantasie in der Lage ist zu entwickeln. Du hast sicherlich nicht einmal eine Ahnung davon, was allein mir so alles gefällt. Du siehst in mir doch nur eine hübsche großbusige, freundliche junge Frau, die in deiner Bibliothek an ihrer Dissertation arbeitet, die vielleicht leicht dominante Neigungen besitzt und gerne fantasievollen Sex hat und den so oft wie möglich. Die Idee, daß sie auch ein altes sadistisches Schwein sein könnte, kommt dir sicherlich nicht. Obwohl ich mir vorstellen kann, daß du den Gedanken, einer potentiellen, bildschönen Lustmörderin ausgeliefert zu sein, nicht ganz reizlos findest.« Sie grinste hämisch, verringerte aber den Druck ihrer Hand.

Unwillkürlich dachte er an ihr scharfes Taschenmesser, mit dem sie die Seiten der Bücher aufgeschnitten hatte und stellte sich vor, wie sie ihm tiefe Wunden damit beibrachte, um sein warmes Blut zu trinken, dann wäre es nicht mehr ihr nur Lippenstift, der ihre vollen weichen Lippen so Rot färbte. Das hatte durchaus etwas Erregendes für ihn. Dabei hatte er gewöhnlich keine sonderlich morbiden Fantasien. Vielleicht arbeitete er doch schon zu lange in dieser Bibliothek?

»Ja, da sammelt sich langsam der Angstschweiß auf deiner Stirn. Zumal ich keine zierliche Frau bin, wenngleich auch die ganz schön Kraft entwickeln können. Ich vermute, daß ich sogar einige Kilos mehr auf die Waage bringe als du.« Das konnte er nicht abstreiten. Auf ihren hohen Absätzen überragte sie ihn ja auch etwas. »Bevor du noch einen Hitzestau bekommst, ziehst du dich besser aus. Ich habe keine Lust, an dir Wiederbelebungsversuche durchzuführen.«

Sie nahm ihm die Hand aus dem Schritt und trat zurück. Er zögerte leicht. Sie hatte ihm soviel gesagt, daß er sich darin erst zurechtfinden mußte.

»Worauf wartest du? Das war kein Angebot!« herrschte sie ihn an und schwang die Gerte.

Sie hätte ihn in diesem Augenblick wahrhaftig gerne geschlagen. Aus einem Impuls heraus ärgerte sie seine Höflichkeit tatsächlich. Sie hätte es wirklich gerne gesehen, wenn er zumindest gestern beharrlicher seinen Wunsch verfolgt hätte, den Abend mit ihr zu verbringen. Sie hätte nämlich gerne vergangene Nacht neben ihm in seinem Bett geschlafen, sich an ihn geschmiegt, es war schließlich schön mit ihm zu kuscheln und er tat es gerne. Wie er wohl darauf reagieren würde, wenn sie ihn aus Wut und Enttäuschung schlug? Sie war manchmal sadistischer, als sie selbst wahrhaben wollte. Wahrscheinlich gefiel es ihm sogar. Aber das war derzeit noch etwas zuviel des Guten und sie plante schließlich etwas anderes.

Er beeilte sich mit dem Ausziehen und legte seine Kleider ordentlich über einen der Stühle.

Sie schlug ihm leicht mit der Spitze der Gerte auf die Eichel, die noch durch die Vorhaut geschützt war. Gerne hätte sie sie mit den Lippen zurückgeschoben, aber sie beherrschte sich, da es nicht so recht zu ihrem augenblicklichen dominanten Auftreten paßte.

»Na, so sieht aber nicht der nötige Respekt einer Dame gegenüber aus. Zeigt man sich mit einem schlaffen Etwas?« Sie wiederholte mehrmals die wohldosierten Schläge auf seinen Schwanz, die mehr ein Streicheln als ein wirkliches Schlagen waren, wodurch er langsam anschwoll.

Sie war zwar nicht wirklich schwanzfixiert, aber seiner war nun einmal ein zu schönes Exemplar und so konnte sie nicht anders. Daß er ihn als etwas betrachtete, für das er letztlich nichts konnte, freute sie zusätzlich.

»Es ist ja nicht so, daß du es nur bei mir am nötigen Respekt missen läßt«, fuhr sie fort und trat noch einen Schritt zurück. »Du scheinst überhaupt gegenüber den Bedürfnissen von Frauen eine gewisse Ignoranz an den Tag zu legen. Du hast mir selbst gestanden, daß meist Marietta bei dir die Initiative ergreifen muß. Doch wirklich unverzeihlich verhältst du dich gegenüber deiner liebenswerten Kollegin. Sie beklagte sich mehrfach bei mir, daß du sie als Frau nicht wahrnimmst. Seit du hier begonnen hast, würde sie sich gerne von dir ficken lassen, aber du ignorierst ihr Bedürfnis bis heute. Du brauchst nicht zu befürchten, daß sie eine Beziehung will. Sie will nur fantasievollen Sex und eventuell etwas darüber hinausgehende Gesellschaft, das ist schon alles an Verbindlichkeiten, die sie seit über zehn Jahren einem Mann abverlangt. Das sollte gerade für jemanden wie dich keine allzu große Herausforderung darstellen, wo du sowieso das polyamore Beziehungsmodell favorisierst und lebst und gerne einer Frau sexuell zu Diensten bist auch jenseits des Alltäglichen. Sie ist ebenso wie ich eine Frau, die ein Mann eigentlich gerne ficken sollte, und ein besonderes gutes Beispiel für den sexuellen Reiz, den eine Frau jenseits der Fünfzig darstellen kann, nicht wahr, Frau Werner«, sagte sie das letzte zum Eingang hin und hob dabei die Stimme.

Er zuckte zusammen und sein Herz schlug spürbar schneller. Reflexartig sah er in jene Richtung und hoffte, daß es nur so dahin gesagt war, doch als er sie aus dem Schutz der Regale treten sah, rutschte ihm das Herz ein ganzes Stück in seine nur noch imaginär vorhandene Hosentasche. Sie mußte sich schon eine Weile in ihrer Nähe befunden haben. Vielleicht war sie sogar kurz nach ihm hinaufgegangen. Sie stellte sich einen Schritt neben Solveig und ließ den Blick ungeniert auf seiner Körpermitte ruhen. Ein sardonisches Lächeln umspielte dabei ihren Mund.

»Eigentlich ist es gute Tradition, daß ein Chef seine engste Mitarbeiterin gelegentlich fickt«, sagte sie trocken.

»Das meine ich auch, schließlich weiß er auch, daß er hübsche Studentinnen flachzulegen hat, die in seine Bibliothek kommen, wenn man manchmal auch etwas nachhelfen muß.« Solveig grinste breit.

Frau Werner lachte leicht hämisch, wie er fand, so etwas war er von ihr, die ihm stets mit freundlicher Distanz begegnete, nicht gewohnt.

»Sieh' sie dir doch einmal an, als sähest du sie zum ersten Mal in deinem Leben«, sagte Solveig in einem anpreisenden Tonfall. »Ist sie nicht ein äußerst reizvolles Exemplar einer Frau mittleren Alters? Sie hat Hüften und einen Busen, der es in seiner Größe zwar nicht mit meinem aufnehmen kann, aber flachbrüstig geht anderes.« Sie wies mit der Gerte auf Frau Werners Brüste, die ihre Bluse so weit geöffnet hatte, daß der Ansatz ihres Busens, so wie ein Stück ihres apricot-farbenen edlen BHs zu sehen war. Er hatte tatsächlich während all der Jahre allenfalls einen flüchtigen Blick auf ihr durchaus hübsches Dekolleté geworfen. »Da müßte doch jemanden, der einem schönen Busen viel abgewinnen kann, das Herz höher schlagen. Findest du nicht, daß ihre leichte Bauchwölbung sexy wirkt? Du hast mir schließlich gesagt, daß ein leichter Bauch bei einer Frau sexy auf dich wirkt und ihrer ist sogar flacher und fester als meiner, obwohl sie fast doppelt so alt ist wie ich. Und was ist mit ihren Hüften und vor allem mit ihrem Po?« Frau Werner wandte ihm den Rücken zu.

»Ist das nicht ein knackiger Arsch?« Frau Werner streckte ihm einladend das Gesäß entgegen. »Dir ist sicherlich bekannt, daß sie in ihrer Freizeit viel Rad fährt. Das gibt einen festen Po und muskulöse Beine. Ist es nicht reizvoll, einer Frau, die einem einen solchen Po entgegenstreckt, von hinten zu nehmen oder ihr gar den Arsch zu ficken? Ich weiß, du fickst eine Frau lieber von vorn. Von vorne kannst du natürlich besser stramme Schenkel genießen, die dich umfangen, damit du deinen großen dicken Schwanz so tief als möglich in eine triefendnasse Fotze steckst. Aber ich weiß, daß du gelegentlich gerne einer Frau den Arsch fickst und ihr die Finger dort reinsteckst.«

Frau Werner wandte sich ihm wieder mit einem schelmischen Grinsen zu. Es war unübersehbar, daß ihr die Anpreisung ihres Körpers gefiel.

»Ferner bedient sie auch deinen Fetischismus. Sie trägt lange Lederhandschuhe nicht nur, weil es eleganter aussieht und sie eine Dame ist, das ist dir wenigstens in all den Jahren aufgefallen, sondern weil es sie sinnlich betört. Du siehst, daß ihre Handschuhe auf den Handflächen nachgedunkelt sind.«

Frau Werner hielt ihm die Hände hin. Das braune Leder war über den Handflächen stellenweise fast schon schwarz.

»Das ist nicht allein das gewöhnliche Nachdunkeln vom jahrelangen Tragen. Sie hat mit diesen Handschuhen bereits viele Schwänze gewichst und Unmengen Sperma flossen darüber, sie trägt sie gleichfalls zum Wichsen, so wie ich meine, weil es schöner ist, als die eigene Fotze mit den nackten Fingern zu berühren.«

Bilder formten sich in ihm, die ihn beinahe sehnsüchtig seufzen ließen und er sich wünschte, sie würde ihn mit ihren Handschuhen berühren. Schon Marietta konnte ihn fast um den Verstand bringen, wenn er nur sah, wie sie Lederhandschuhe trug. Bei Solveig war es nicht anders.

»Außerdem steht sie auf Stiefel, was dir ja besonders gut gefällt.«

Frau Werner zog langsam den Rock bis über kurz die Knie hoch. Auch ihre Stiefel reichten bis hinauf zu den Schenkeln und schmiegten sich eng um ihre Beine. Sie gewährte ihm einen kurzen Blick darauf, dann zog sie den Rock wieder hinunter.

»All das hast du bisher sträflich ignoriert«, schloß Solveig vorwurfsvoll ihr Lob auf Frau Werners körperliche Vorzüge, die ihn immer noch leicht süffisant ansah. Er senkte erneut beschämt den Blick. Er verstand selbst nicht mehr, weshalb er auf ihre Avancen nie eingegangen war. Daß er grundsätzlich nichts mit einer Kollegin beginnen wollte, erschien ihm jetzt als äußerst fadenscheinig. Denn eigentlich fühlte er sich sexuell von ihr angezogen, denn sie besaß das Damenhafte im Auftreten, was er bei einer Frau so mochte.

»Wie finden Sie den Schwanz ihres Chefs, Frau Werner? Ist das nicht ein Hammerteil? Habe ich zuviel versprochen? Habe Sie ihn sich so vorgestellt?« wandte Solveig sich mit leuchtenden Augen an sie.

»Sie haben nicht übertrieben, Frau Bechthold.« Sie ließ den Blick sichtlich zufrieden auf seiner Körpermitte ruhen, was ihm bewußt machte, daß er durch Solveigs Anpreisungen und seinen daraus entstandenen Fantasien einen kapitalen Ständer bekommen hatte, der sich nicht so anfühlte, als würde er so schnell wieder in den Ruhezustand verfallen. Zumal ihm gefiel, daß Frau Werner ihn wie einen Zuchthengst musterte.

»Seit er mich Dienstag fast wundgefickt hätte, so hemmungslos geil war er auf mich, und ich nicht gedacht hätte, daß er so oft kann, er besitzt ein erstaunliches Durchhaltevermögen, hatte er keinen Orgasmus mehr. Er ist also bestens ausgeruht. Sie können seinen Schwanz ruhig einmal in die Hand nehmen.«

Frau Werner nickte und ging zu ihm. Sie faßte ihm ungeniert an den Schwanz und die Hoden. Kaum spürte er ihre lederbehandschuhte Hand an Schwanz und Hoden, durchströmte ihn ein wohliges Gefühl.

»Das ist ein Schwanz, nicht wahr? Daraus sind die feuchten Träume einer richtigen Frau.« Solveigs verklärter Ausdruck empfand er als übertrieben, wenn es ihm auch schmeichelte.

»Ich habe schon einige gesehen, die noch etwas größer waren, aber prinzipiell kann ich Ihnen nicht widersprechen.« Sie ließ seinen Schwanz los, was ihm fast einen enttäuschten

Seufzer entlockte, und stellte sich neben den zweiten Tisch. »Falls du es noch nicht bemerkt haben solltest«, wandte Solveig sich spürbar sarkastisch an ihn, »ich verleihe gerne meine Subbies an andere Frauen, die ich schätze und die das Recht haben, auch einmal in den Genuß eines großen Schwanzes zu kommen. Außerdem leckst du irre gut und mit deinen Fingern schaffst du es problemlos, eine Frau zum Abspritzen zu bringen. Somit wirst du Frau Werners Wünsche und Bedürfnisse bereitwillig befriedigen, andernfalls erwartet dich eine schlimme Strafe.« Sie drohte ihm mit der Gerte und er zuckte zusammen, worauf sie schallend voller Häme lachte. »Nein, ich werde dich nicht durchbleuen, bis dir die Haut in Fetzen hängt, das wäre nun doch eine zu milde Strafe. Nein, du wirst mich so lange nicht ficken dürfen, bis Frau Werner mit dir zufrieden ist. Ich weiß, daß es für dich viel schlimmer ist, wenn du deinen Schwanz nicht in meine fleischige Möse stecken kannst und meine großen weichen Brüste massieren, wenn ich dir nicht mehr erlaube, in mir abzuspritzen und ich dir keinen mehr blase.« Die Vorstellung war natürlich schrecklich für ihn, weil er sich je mehr sie ihn ›niedermachte‹, desto mehr in sie verliebte. Er wollte ja alles tun, was sie von ihm verlangte!

»Du gehst jetzt auf die Knie und leckst ihr als Entschuldigung für deine langjährige Ignoranz einer verführerischen Frau gegenüber die Stiefel. Ich weiß schließlich, wie gerne du Stiefel leckst.«

Er nickte und ging vor seiner Kollegin auf die Knie. Er beugte sich hinunter und küßte und leckte über das Oberleder. Frau Werner sah mit einem wohligen Gefühl auf seinen Rücken hinunter. Bisher hatte es sich nur in ihrer Fantasie abgespielt, schließlich war er schon lange fester Bestandteil ihrer Masturbationsfantasien. Ohne Solveig hätte sich aber nie etwas daran geändert, die sich an der Macht weidete, die sie über ihn besaß und ein Gefühl großer Wärme durchfloß sie. Sie fuhr genauso auf ihn ab, wie er auf sie, was sie beruhigte. Sie freute sich schon darauf, daß er *ihre* Stiefel leckte. Er umspielte sogar die schlanken Absätze mit der Zunge so genüßlich, als wären es mit Schokolade überzogene Gebäckstangen. Wenn er es erst bei ihr machte! Sie spürte, wie sie nicht nur feucht wurde, sondern es aus ihr lief und an den Innenseiten der Schenkel hinunter.

»Ich denke, das reicht, oder was meinen Sie, Frau Werner? Hat er fürs Erste genug Abbitte geleistet?« Sie mußte jetzt abbrechen, denn sie spürte, wie leichte Eifersucht in ihr aufstieg. Sie hätte sich besser zuerst von ihm die Stiefel lecken lassen sollen, dann würde sie es jetzt gelassener sehen.

»Fürs Erste ist es wirklich genug, zumal mir die Nässe schon an den Beinen hinunterläuft«, erwiderte sie mit einem verklärten Lächeln. Solveig war froh, daß es nicht nur ihr so erging. »Er kann wieder aufstehen.«

Solveig machte eine entsprechende Geste mit der Gerte in seine Richtung. Am liebsten hätte er nun ihre Stiefel geleckt, aber er fügte sich ihrer Entscheidung.

»Was kann er als Nächstes für Sie tun?«

»Ich würde gerne seinen Schwanz in den Mund nehmen. Ein so schöner, gerader, dicker Schwanz lädt dazu ein. Schon mit fünfzehn hatte ich gerne einen Schwanz im Mund und ich liebe es, spritzt mir ein Mann sein Sperma in den Mund. Wahrscheinlich wurde mir häufiger in den Mund als in die Fotze oder den Arsch gespritzt.«

Solveig nickte einverstanden. Sie wollte sehen, wie eine andere Frau ihm einen blies.

Frau Werner hockte sich vor ihn, nahm seinen Schwanz in die Hand und schob ihm die Vorhaut mit zwei Fingern zurück. Sofort quoll ein großer öliger Tropfen aus seiner Eichel, den sie mit den Fingern verteilte und der das Leder dunkel färbte. Dann nahm sie ihn ganz in den Mund, bis sie mit der Nase seinen Bauch berührte. Für einen Moment war sie versucht, ihn dazuzubringen, daß er abspritzte, damit sie sein Sperma schlucken konnte. Sie wußte längst nicht mehr, wie oft sie von ihrem Platz aus zum ›Aquarium‹ geblickt und sich vorgestellt hatte, wie sie vor ihm unter dem Schreibtisch saß und ihm genüßlich bis zum Orgasmus einen blies. Doch sie entließ ihn aus ihrem Mund und stand wieder auf.

»Jetzt soll er mich ficken«, sagte sie an Solveig gewandt, die auf dem anderen Tisch saß, die Beine herabbaumeln ließ und mit der Gerte spielte. Sie legte die Gerte beiseite, holte aus ihrer Tasche eine Schachtel Kondome in Übergröße und reichte ihr eins daraus.

Die Aussicht, seine Kollegin vögeln zu ›müssen‹, ließ sein Herz schneller schlagen. Sie trat vor ihn und sah ihn mit einem derart lüsternen Blick an, daß es ihn heiß durchlief. Sie riß die Hülle des Kondoms mit den Zähnen auf, nahm das Kondom zwischen die Lippen, die Hülle ließ sie achtlos auf den Boden fallen, hockte sich vor ihn und streifte es ihm mit dem Mund über. Sie stand auf, zog langsam den Rock hoch und sah ihn mit einem lasziven Lächeln an. Sein Herz schlug noch etwas schneller. Die Schäfte ihrer maßgefertigten Stiefel reichten ihr fast bis an den Schritt. Daß sie keinen Slip trug, war nun wirklich nicht überraschend, aber dafür daß sie ihr Schamhaar nicht rasierte. Es war das erste Mal seit Jahren, daß er eine unrasierte weibliche Scham sah. Aber es paßte irgendwie zu ihr. Ihr dichtes, braunes, von einem rötlichen Schimmer durchzogenes Schamhaar glänzte feucht.

Er sah zu Solveig hinüber, die auch leicht überrascht schien, doch ebenfalls nicht unangenehm.

»Ich rasiere mir das Schamhaar nicht, weil es für mich animalischer wirkt, obwohl es mir, bei anderen Frauen und Männer gefällt. Mir ist sogar lieber, wenn ein Mann sein Schamhaar rasiert.«

Sie hatte den Rock nun fast bis zur Taille hochgeschoben und setzte sich mit einladend gespreizten Beinen auf den Tisch.

»Und jetzt tun Sie, was ein guter Chef gewöhnlich mit seiner engsten Mitarbeiterin tut.«

Er warf einen fragenden Blick zu Solveig hinüber.

»Du fickst sie so lange, bis du in ihr abspritzt. Das bist du ihr schuldig. Ich brauche nicht extra zu betonen, daß du dir damit Zeit läßt und ihr die Möglichkeit gibst, mehrere Orgasmen zu haben. Wir haben Zeit und ich weiß, daß du zu gerne den Schwanz in einer Möse hast, um es schnell zu einem Abschluß zu bringen«, gab sie ihm mit einer von ihrer Gerte unterstützten Geste zu verstehen.

Wohlig schnurrend drang er genießerisch in die schöne,

feuchte Möse seiner Kollegin ein, so tief wie es ging und penetrierte sie in einem langsamen Rhythmus. Es war sehr schön in ihr zu sein, so schön wie in Solveig und auch Marietta und doch wieder ganz anders und er verstand immer weniger, weshalb er nicht schon längst mit ihr gevögelt hatte. Sie stöhnte lustvoll, jeden seiner Stöße genießend. Sie hatte relativ schnell ihren ersten, von einem lauten Aufstöhnen begleiteten Orgasmus, worauf er kurz innehielt, bevor er weitermachte. Er empfand seine Kollegin im Augenblick als sehr schön. Er wollte auch gar nicht schnell kommen. Zum Glück war es relativ bequem, sie lag auf einem Tisch, der die richtige Höhe hatte.

Solveig sah ihnen mit Wärme zu. Zu beobachten, wie er in ihrem Beisein und auf ihre Anordnung eine andere Frau fickte, die ihr sympathisch war, bereitete ihr ein behaglich lustvolles Gefühl. Es wäre schön, wenn Frau Werner ihr zusehen würde, wie sie sich von *ihm* auf dem Tisch mit hochgeschobenem Rock und entblößtem Busen liegend ficken ließ. Ihre Erregung näherte sich langsam einem Punkt, ab dem sie sich beherrschen mußte, um nicht zu onanieren. Sie trat zu ihm und griff nach seiner Rechten, automatisch verschränkten sie ihre Finger ineinander. Ihre Blicke wanderten abwechselnd von ihm zu Frau Werner, die sie lächelnd ansah.

In ihm formten sich Bilder, wie er sie unten im Lesesaal auf ihrem großen Tisch fickte, selbstverständlich war sie bekleidet und hatte nur den Rock hochgeschoben, doch trug sie keine schritthohen Stiefel, sondern war in ihrer gewohnten dezenten Eleganz gekleidet. Hin und wieder schloß sie lustvoll stöhnend die Augen, dann suchte sie wieder den Blickkontakt zu ihm, wobei oft ein triumphierendes Lächeln ihren Mund umspielte, weil es ihm sichtlich Spaß machte.

Als er schließlich kam, bekam Frau Werner ihren dritten Orgasmus und er das Gefühl, daß er eine große Menge Sperma in sein Kondom spritzte, zugleich drückte er Solveigs Hand so fest, daß es sie leicht schmerzte. Frau Werner und er sahen sich an. Sie lächelte zufrieden. Als er den Schwanz aus ihr ziehen wollte, hielt sie sein linkes Handgelenk fest.

»Bleibe noch einen Moment in mir, es ist so schön, dich in mir zu haben«, bat sie ihn leise.

Solveig nickte beiden freundlich zu, ließ seine Hand los und trat ein Stück beiseite.

Als Frau Werner sein Handgelenk losließ, zog er den Schwanz aus ihr, der nur leicht erschlafft war. In der Spitze des Kondoms befand sich eine ansehnliche Spermamenge.

»Ich denke, Sie sind zufrieden«, fragte Solveig freundlich, aber doch mit einem Unterton, der verriet, daß sie ihn nun für sich brauchte.

»Ja, sehr sogar. Ich danke Ihnen dafür, daß ich ihn ausprobieren durfte«, erwiderte sie mit einem glückseligen Lächeln, das er oft morgens an ihr bemerkt hatte, während sie den Rock nach unten zog.

»Das ist erfreulich. Sie wissen, daß Sie jederzeit anfragen können, wenn Sie ihn wieder benutzen wollen.«

Daß sie über ihn wie über einen Gebrauchsgegenstand redeten, beflügelte seine Fantasie und seine Lust.

»Ich werde gerne darauf zurückkommen. Sie erlauben?« fragte sie und machte Anstalten ihm das gefüllte Kondom abzustreifen.

Solveig machte eine Geste der Großzügigkeit. Frau Werner dankte ihr mit einem Lächeln und streifte ihm das Kondom ab, dessen Inhalt sie in ihren Mund entleerte. Solveig und Arne durchfuhr ein elektrisierendes Kribbeln.

Frau Werner behielt das Kondom in der Hand und ließ sie allein.

Solveig hatte den Gedanken verworfen, sich von ihr beim Ficken zusehen zu lassen. Sie mußte mit ihm allein sein. Sie legte die Gerte auf den Tisch, umarmte ihn stürmisch und drückte den Schoß an seinen, um seinen Schwanz zu spüren. Tief schob sie ihm die Zunge in den Mund.

»Sag', wie gefällt dir deine unerbittliche Herrin, die dich zwingt, andere Frauen zu befriedigen?«

Statt einer Antwort drückte er sie fest an sich.

»Es war doch auch schön für dich mit Frau Werner, oder?« Eine leichte Unsicherheit schwang in ihrer Stimme mit.

»Ja, es war schön mit ihr. Ich kann gar nicht verstehen, daß ich die Möglichkeit mit ihr zu vögeln nicht schon früher genutzt habe. Marietta hat mich darin auch nicht verstanden. Aber dennoch ist es mit dir schöner«, beeilte er sich zu versichern, bevor sie auf den Gedanken kam, daß er seine Kollegin sexuell reizvoller fand.

»Das hoffe ich doch, daß du es mit mir lieber machst«, lachte sie. »Bei Frau Werner hättest du auch keine Chance auf eine Beziehung, aber nicht aufgrund mangelnder Sympathien. Daß sie sich von einem Mann nur Sex und darüber hinaus nur etwas Gesellschaft wünscht, war nicht nur so dahin gesagt. Sie hat sich ihr Leben auf diese Weise eingerichtet und sie fühlt sich wohl dabei. Du mußt dir auch keine Sorgen machen, daß ihr Geschlechtstrieb zu kurz kommt. Sie ist seit vielen Jahren in der Swinger-Szene aktiv und hat eine Handvoll Männer, mit denen sie sich regelmäßig zum Sex trifft. Mit dir will sie gelegentlich Sex, weil sie dich sympathisch findet und für einen guten Liebhaber hält, was du ja jetzt bewiesen hast.«

Er nickte verstehend. Er unterließ es aber, ihr zu sagen, daß ihm gerade das Unverbindliche nicht so gefiel.

»Du siehst hinreißend aus«, sagte er stattdessen.

»Danke. Das ist der einzige Lederrock, den ich habe und er ist mir leider etwas zu eng geworden. Ich habe etwas gebraucht, bis ich ihn geschlossen bekam.«

»Aber gerade das finde ich besonders sexy.«

»Das glaube ich dir gerne«, lachte sie, »deshalb darfst du mir ihn auch in Zukunft schließen.«

»Ich kann dir auch einen neuen kaufen oder einen anderen.«

»Um dir selbst eine Freude zu machen, versteht sich«, grinste sie ihn an.

»Wenn du lieber keinen möchtest?«

»Doch schon. Wenn ich genug Geld hätte, hätte ich ja mehrere«, sagte sie fröhlich.

»Dann ist es abgemacht?«

»Dann ist es abgemacht.«

Er drückte sie zärtlich an sich.

»Da ich dich offiziell als mein ›Eigentum‹ anerkannt habe,

ich habe dich ja schon ›verliehen‹, werden wir zukünftig auf Kondome verzichten, es sei denn, du bestehst unbedingt darauf. Wenn ich weiß, daß mein Partner sein Sperma in mich 'reinspritzt, verschafft mir das einen zusätzlichen Geilheitsschub. Und ich mag es, wenn es mir anschließend wieder aus der Möse läuft. Ich spiele gerne mit Sperma.«

Weil er nicht sofort antwortete, denn er stellte sich vor, wie sein Sperma wieder aus ihr lief, beeilte sie sich ihm zu versichern, daß sie selbstverständlich verhütete und nur mit ihm ungeschützt verkehren würde.

»Ich auch habe nie etwas anderes angenommen«, beruhigte er sie.

»Ich werde auch immer dabei sein, wenn ich dich an eine andere Frau ›verleihe‹. Ich muß sehen, wie du diese andere Frau befriedigst, sonst bringt es mir nichts. Du wirst also damit umgehen müssen. Und es wird nicht immer an eine Frau sein, die auch dein Typ ist, so wie bei deiner Kollegen, an die ich dich in Zukunft wahrscheinlich immer wieder ›verleihe‹, schließlich hast du bei ihr vier versäumte Jahre nachzuholen. Ja, gerade, wenn ich weiß, daß diese Frau nicht dein Typ ist, reizt es und erregt es mich besonders. Also, sag' lieber gleich, wenn es dir wirklich unangenehm wäre, andernfalls gehe ich von deinem Einverständnis aus.«

»Ich vertraue dir und ich glaube, gerade, wenn ich mich ›überwinden‹ muß, besitzt es seinen besonderen Reiz für uns beide.« Das war nicht aus dem Augenblick heraus gesagt, sondern entsprach seiner Überzeugung. Außerdem freute er sich schon darauf, wieder an Frau Werner ›verliehen‹ zu werden. So wurden seine Vorbehalte, etwas mit einer Kollegin zu haben, aus dem Weg geräumt.

»Schön, ich habe auch nichts anderes von dir erwartet. Drechsler war seiner Lizzy ebenso ergeben, wie sich aus den Tagebüchern ersehen läßt. Allerdings schien sie ihn nie an andere Frauen ›verliehen‹ zu haben.«

»Man war damals noch nicht so offen wie heute.«

»Das dürfte kein wirkliches Hindernis gewesen sein. Es gab schon immer ein Leben außerhalb der offiziellen Moral und Intoleranz. Lizzy und Bodo gehörten einer Gesellschaftsklasse an, die schon immer fleißig eine doppelte Moral gepflegt hat. Gesetze zur Wahrung der Sittlichkeit sollten immer nur die unterprivilegierten Massen kontrollieren. An den Toren der Villen, Schlösser und großbürgerlichen Häuser endeten meist die Befugnisse der Behörden. Die herrschende Moral war und ist auch immer die Moral der Herrschenden.«

»Ja, leider«, seufzte er tief.

»Wann stellst du mich Marietta vor? Ich muß sie doch kennenlernen. Ich will ja nicht, daß du sie vernachlässigst, schließlich besitzt sie ältere ›Rechte‹ an dir und ich bevorzuge ja auch das polyamore Beziehungsmodell, wie du weißt. Es ist wahrscheinlich auch das ehrlichste und fairste, wenn man es richtig anwendet.«

»Sobald sie Zeit hat. Sie würde dich sicherlich auch gerne kennenlernen.«

»Das klingt gut. Fickst du mich jetzt genauso auf dem Tisch, wie vorhin Frau Werner?« bat sie und drückte ihm einen dicken Kuß auf die Wange.

Er mußte schmunzeln. Sie wirkte jetzt wieder wie eine junge Frau, die lediglich geilen Sex wollte und nicht mehr wie die unerbittliche Herrin, die in ihm ein ›Nichts‹ sah, das sie nach Belieben behandeln konnte.

»Alles, was du willst«, erwiderte er feierlich, worüber sie liebevoll lachen mußte.

»Ich sehe, ich habe mir einen folgsamen Mann ausgewählt. Ich weiß, warum ich erfahrene Subbies ab vierzig bevorzuge.«

»Ich würde dir zuvor gerne die Stiefel lecken.«

»Klar, das gehört sich doch so.« Sie gab ihm einen Kuß auf den Mund, begleitet von tiefer Zufriedenheit.

Armin A. Alexander

Die Staatsanwältin

In ihrer Wohnung findet die ›Schöne Staatsanwältin‹, die federführend in einem der größten regionalen Immobilienskandale der letzten Jahrzehnte ermittelt, die Leiche eines jungen Mannes, den sie mit nach Hause nahm. Sie kann sich nur noch daran erinnern, daß sie Sekt tranken, den er mitbrachte, bevor sie auf der Couch plötzlich einschlief. Die Vermutung liegt nahe, daß es sich um einen gescheiterten Versuch handelt, belastendes Material über ihre nicht alltäglichen Neigungen zu konstruieren, um sie öffentlich bloßzustellen. Oder versucht sie mit dieser Version vielleicht nur eine aus dem Ruder gelaufene Session zu verschleiern?

ISBN: 978-3-7494-7195-9
Paperback, 308 S., € 13,99
E-Book, epub, no-drm, € 9,99